KB237678

PingPong

박민규 장편소설

창비

안심해

안심해도, 좋아

일러스트 · 박민규

핑

벌판의 중심에는 탁구대가 놓여 있었다. 어떻게 된 일인지, 그랬다. 그리고 낡은 소파가, 탁구대의 옆에 아무렇게나 놓여 있었다. 가죽이 죄 벗겨진, 노파와 같은 느낌의 소파였다. 소파의 방향은 언제나 달랐다. 대개 남쪽을 향해 있지만 때로 동쪽을, 때론 꼭 동쪽이라 하기도 힘든 곳을 향해 소파는 놓여 있었다. 소파의 방향 같은 건 아무래도 좋았지만, 그래서 왠지 누군가가 앉았다는 느낌이었다. 그 뒤엔 녹슨 캐비닛이 기우뚱 서 있었다. 움직이지도, 움직일 이유도 없는데다, 문까지 열리지 않아 누가 뭐래도 버려진 게 확실했다. 동물이나 새 같은 건 본 적도 없다. 있다면 이따금 하늘을 가로지르는 비행기, 띄엄띄엄 수북한 각목과 모랫더미, 저 멀리의 중장비. 말하자면 그것이 벌판의 생태계였다.

벌판의 끝에선 공사가 한창이었다. 주상복합(住商複合)의 아파트 공사였다. 끝도 없이 땅만 파대는 걸로 봐서는 어마어마한 규모의 단지임이 확실했다. 소파에 걸터앉아, 모아이와 내가 처음 본 것은 그래서 하늘과, 하늘을 가로지르는 커다란 크레인이었다. 크레인은 척 보기에도 수십 미터가 넘는 철골구조물을 하늘 높이 들어올리고 있었다. 누가 봐도 감탄할 수밖에 없는 대단한 풍경이었지만, 우리는 놀라거나 와아 소리치지 않았다. 비교적 무감하거나 그래서가 아니라, 즉 말하자면, 너무 많이 맞아서였다.

와아

라니. 얼마나 행복하면 그런 환호성을 지를 수 있을까. 굉음과 함께 수평이동을 시작한 크레인의 움직임을 지켜보며, 나는 생각했다. 옆구리가 욱신, 했다. 아무래도 옆구릴 잘못 맞은 모양이었다. 소파 깊숙이, 나는 몸을 묻었다. 성급히 일어섰다간 더 큰 고장이 생긴다는 걸 경험으로 알고 있었다. 눈을 감았다. 끼익. 괴로운지 모아이도 몸을 뒤척였다. 소파의 스프링이 더 괴로운 소리로 끽끽거렸다. 초여름의, 토요일 오후였다.

와아

오늘은 정말 많이 맞았다. 특별히, 많이 맞는 날이 있다. 한달에 두세 번은, 꼭 그렇다. 어쩔 수 없다. 간단히 넘어가려 해도 이유가 내게 있는 게 아니니까. 끼익. 다시 쇳소리가 났다. 녹이 슨 소파의 스프링은, 그 자체로 천식을 앓는 노파의 기관지 같다. 기침이나 골골거리게, 나도 빨리 늙었으면 좋겠다. 확 늙어버리면, 따 같은 건 당할 일도 없겠지. 아니 마흔살만 되어도, 서른살, 아니 스무살만 되어도 좋아지겠지. 스무살. 스무,살. 스무살까지, 그런데 살아 있기나 할까? 제발, 살았으면 좋겠다. 높고, 원대한 꿈.

모아이와 나는 한 쎄트다. 한 쎄트로 당하고, 한 쎄트로 불려나오고, 한 쎄트로 맞는다. 맞는 장소는 따로 정해져 있지 않다. 교실에서, 화장실에서, 옥상에서, 바로 이 벌판에서 매일 맞는다. 언제부턴가, 모아이도 나도 그것을 일과로 여기게 되었다. 그다지 좋은 일과라곤 할 수 없지만, 그외의 일과를 가져본 적이 없어 좋다 싫다 생각도 들지 않는다. 그냥, 사는 게 이런 것 같다. 나는 열다섯인데, 또 열여섯인 모아이의 생각은 다를지도 모르겠다. 한 쎄트로 맞는다고 해서, 꼭 그런 대화를 나누는 건 아니다.

모아이는 말이 없다. 다른 학교를 다니다 1년을 꿇고 이 학교로 왔다. 내가 아는 건 그게 전부다. 예전 학교에서도 따였는지 어떤지, 아무튼 말이 없다. 별명을 붙여준 건 담임이다. 이야, 완전 이 느낌이네. 그리고 담임이 남태평양 어느 섬에 있다는 수수께끼의 석상(石像) 사진을 보여주었다. 다들 넘어갔다. 그러니까, 완전 그 느낌이었던 것이다. 석상의 이름은 모아이였다. 모아이는, 그래서 모아이가 되었다. 언제 들어도, 공교로운 이름이다.

저 정도면 하나의 신앙 아니니? 여자애 하나가 그런 소릴 하는 걸 엿들은 적도 있다. 나로선 뭐라 할 처지가 못되지만, 그만큼 모아이는 초자연의 신비 – 거대 얼굴이다. 그렇다고 모아이가 얼굴 때문에 따를 당하는 것은 아니었다. 몇가지 이유가 있는데 우선은 돈 때문에, 또 말이 없고, 따 체질인데다 초능력을 가진 게 이유라면 이유였다. 초능력. 그러니까 언젠가 그런 프로가 화제였는데, 스푼을 문질러 엿처럼 구부리는 초능력자가 방송에 나왔었다. 집중하면 누구나 할 수 있습니다. 그리고 당장, 구부리기에 성공했다는 제보가 줄을 이었으므로, 다음날 교실은 시끌벅적 그 자체였다. 야, 너도 한번 해봐. 누군가 모아이에게 스푼을 내민 게 화근이었다. 오오. 스푼이 정말 엿처럼 구부러졌다. 야, 일루 와봐. 그리고 치수가 모아이를 불렀다. 다시 한번 해봐. 다시 한번, 모아이는 스푼을 구부렸다.

한동안 치수는 심심찮게 모아이를 불러냈다. 너 와보래. 말을 전한 것은 언제나 나였다. 장소는 주로 치수패가 모이는 창고 뒤였고, 모아이는 또다시 스푼을 구부렸다. 우와 캡숑. 이따금 밤에도 호출이 있었다. 쎄븐일레븐 옆의 공터에서, 치수패와 패들이 어울리는 여자애들 앞에서 다시 모아이는 스푼을 구부려야 했다. 꺄아. 더 큰 건 안돼? 더 큰 건, 되지 않았다. 모아이의 초능력은 그래서 점점 시들한 것이 되었다. 씨발 니 좆이나 구부려. 여자애 하나가 하루는 그렇게 말했다. 혹시 너 돈 좀 있나? 빗질을 하며 치수가 물었다. 공교롭게도, 모아이의 주머니엔 꽤 많은 돈이 들어 있었다. 혼자 오면 어떡해? 다음날 창고로 나가자 치수가 찍, 침을 뱉으며 말했다. 너 와보…라는데. 와보래와 와보라는데가 확실히 다르듯, 호출의 목적도 확실히 다른 것이었다. 그리고 우리는 한 쎄트가 되었다.

함께 맞고, 함께 불려다니지만, 모아이와 나는 거의 대화를 하지 않는다. 오라는데, 와보라는데. 서로의 교실을 찾아가, 고개를 숙이고 나누는 호출의 변이 대화의 전부라면 전부였다. 모아이에겐 미안한 일이지만, 처음엔 사실 그지없이 기쁜 마음이었다. 그러니까 친구가 생긴 느낌이랄까, 그랬다. 그 일이 없었다면, 지금쯤 우리는 단짝이 되었을지도 모를 일이다. 한 쎄트가 된 지 얼마 지나지 않아서였다. 이 새긴 보면 볼수록 이상하네. 무표정한―초자연의 신비, 거대 얼굴이 아무래도 치수의 마음을 불편하게 만들었다. 넌 감정이 없냐? 그리고 툭 툭, 모아이를 때렸는데 역시나 모아이의 얼굴엔 아무 변화가 없었다. 거참 이상하다니까. 간질여도 보고 별짓을 다하더니 이윽고 놈의 변태끼가 발동했다. 키득키득, 패거리들이 웃기 시작했다. 야, 못! 모아이의 하의를 벗긴 놈이 나에게 얘기했다. 빨아. 처음엔 망설였는데 두어 차례 눈에서 불똥이 튀고 나자 나도 모르게 놈의 명령을 따르고 있었다(하지만 실은 입에 물고만 있었을 뿐이다). 눈물을 흘린 것은 오히려 나였다. 초자연의 신비가 여전히 침묵을 지키자 이윽고 놈이 어깨를 으쓱했다. 관둬. 포기다 포기. 그 일이 있은 후 우리는 서로의 얼굴을 똑바로 바라보지 않았다. 한 쎄트이긴 해도, 그랬다.

못. 나는 못이다. 그렇게 불린다. 쿵 쿵. 치수가 내 머릴 때릴 때 멀리서 보면 꼭 못이 박히는 것 같다고 해서 붙은 별명이다. 야, 못! 하면 이상하지만, 그외의 별명은 가져본 적이 없어 모르겠다. 좋거나 싫다는 생각이, 그래서 들지 않는다. 쿵 쿵. 하지만 정말 못이면 좋겠다는 생각을 할 때가 있다. 벽에 기댄 채 머리를 맞다보면, 절대로 그렇다, 기도한다. 다음엔 못으로 태어나게 해주세요. 못이라면, 일생에 한번만 맞으면 그만일 테니까.

아닌게아니라 두개골에 금이 간 적도 있었다. 날아온 돌에 맞았어요, 엑스레이를 찍고, 돌에 맞은 거라니까요, 인화된 엑스레이를 보면서도, 돌이 확실해요—라고 주장했다. 의사가 지적한 부위에는 정말 못이라도 박힌 듯 살짝 금이 가 있었다. 두개골이 아물 때까지, 치수는 나를 때리지 않았다. 언어능력이 현저히 떨어진 것은, 말하자면 그때부터다.

나는 따의 전형이다. 허약하고, 겁이 많고, 눈에 띄지 않고, 공부도 못한다. 무엇 하나 잘하는 게 없다. 없을 수,밖에. 무관심, 무신경, 무감각, 무소유, 그리고 평소엔 박테리아처럼 숨어 있다가 야, 못! 소리에 반응한다. 화들짝, 절로 몸이 움직인다. 치수의 음성일 경우엔 더더욱이다. 그래서 더 쪽팔린다. 모아이와도, 그래서 다르다. 모아이가 이른바 물주(物主)에 가깝다면, 나는 확실히 따까리라 말할 수 있다. 더 하위(下位)다. 예전엔 인간이었는데, 지금은 그래서 딱히 인간이라고는 말 못하겠다. 대충, 못과 인간의 중간 정도라고나 할까. 핑. 그래도 가끔 눈물이 도는 걸로 봐서, 뭐 그 정도는 말할 수 있지 않을까.

따는 2학년 때부터 시작되었다. 이유 같은 건 없다. 치수와 한 반이 되고, 치수의 눈에 띈 게 이유라면 이유였다. 우선 맞았다. 팔 올려. 그리고 겨드랑이 밑을 몇십번이고 때리는 것이었다. 얼굴은 깨끗한데 끙끙 며칠을 앓을 정도로 심하게 아팠다. 싹처럼 돋아 있던 인생의 날개 같은 것이, 그때 꺾여버린 느낌이다. 하얀 깃털이나 솜털 같은 것이, 그래서 보풀처럼 맞을 때마다 떨어졌다. 그런, 기분이었다.

　그것이 시작이었다. 아무도 나에게 말을 걸지 않았다. 아니, 걸 수 없었다. 나는 오로지 치수의 독점, 꼬붕, 밥, 오르골, MP3 플레이어, 경보기, 애완곤충, 핸드백, 쌘드백이 되었다. 아무리 맞아도 아무렇지 않게 되기까지는 꼬박 일년이 걸렸다. 어느 순간, 이상하리만치 마음이 편해졌다. 더 나빠질 게 없다고 느끼는 순간, 불안이란 감정 자체가 사라진 것이었다. 아무것도 할 수 없는데, 아무렇지도 않은 삶이 그래서 시작되었다.

　아무것도 아니야. 심하게 맞은 날엔 얼굴에도 상처가 생겼지만, 나의 대답은 일관된 것이었다. 싸웠니? 넘어졌어. 처음엔 보복의 두려움 때문에, 또 나중엔 더 나빠질까봐 입을 다물었다. 정말 아무렇지 않니? 아무렇지 않아. 아무렇지도 않은 삶이 그런 식으로 이어졌지만, 아무렇지 않다고 말할 수 없는 곳이 한 군데 있었다. 손톱이었다.

　열 손가락 모두의 손톱이 절반가량 닳아버렸다. 정확히 말하자면, 물어,뜯어서였다. 죽어버려. 치수를 죽이고 싶을 때마다 나는 손톱을 물어뜯었다. 손톱은, 누구의 눈에도 띄지 않고, 아무리 아파도 소리를 내지 않았다. 손톱의 그런 면이 언제나 나를 안심시켰다. 맞벌이를 하는 부모들이 대개 그렇듯, 나의 부모도 자식의 손톱검사 같은 건 한번도 하지 않았다. 너 손이 왜 이러냐? 깨진 사금파리 같은 손톱을 발견한 건 오히려 치수였다. 으응, 원래 그래, 라고 둘러댔는데, 찍 침을 뱉으며 치수가 속삭였다. 너, 나 죽이고 싶냐?

어떻게, 알았을까?

그후로 놈이 더 무섭게 느껴졌다. 나는 더이상 손톱을 물어뜯지 않았다. 치수에 관해서라면, 노트 백 권을 채우고도 남을 만큼 할 말이 많거나, 아예 할 말이 없거나, 그렇다. 존재 자체가 의심스러울 만큼 악(惡)하고, 존재 자체를 의심할 수 없을 만큼 월등하다. 모든 면에서, 그렇다. 입 밖에 꺼낸 말은 언제든 그대로 해버린다. 머릴 다 뽑아버린다, 그러면 정말 머리칼을 다 뽑아버린다. 칼로 배를 딴다, 그러면 정말로 배를 딴다(빨리 병원에 실려가 죽지 않았다). 죽인다, 그러면 정말로 죽일 것이란 생각이, 그래서 누구나 들게 마련이다. 그래서 누구나, 치수의 말을 들었다.

고교의 일진들도 치수를 함부로 못 대한다는 소문이 파다했다. 폭력조직의 실력자들이 이미 치수를 점찍었다는 풍문도 설득력이 있었다. 뭐랄까, 무서울 정도로 월등한 면이 확실히 있었기 때문이다. 저 많은 걸 언제 다 익히고 배웠을까, 나로선 납득이 가지 않았다. 완력과 폭력, 기만, 조장, 장악, 이용, 유지, 회유, 진압, 설득, 친화, 조종… 그러니까 악하다는 단순한 말로는 치수를 설명할 수 없다. 이를테면 놈이 자상한 농담을 건네거나 친구 그 자체인 뉘앙스로 안부를 물어올 때가 있다. 아주 가끔이지만, 그때마다 핑, 눈물이 도는 것을 나도 어쩌지 못한다. 무서운 재능이라고밖에는, 달리 설명할 방법이 없다.

세상을 끌고 나가는 건 2%의 인간이다.

입버릇처럼 담임은 그런 얘길 했는데, 역시나라는 생각이다. 치수를 보면, 확실히 그런 인간이 존재한다는 걸 알게 된다. 출마를 하고, 연설을 하고, 사람을 뽑고, 룰을 정하는―좋다, 납득한다. 이 많은 인간들을 누군가는 움직여야 하는 거니까. 수긍한다. 나머지 98%의 인간이 속거나, 고분고분하거나, 그저 시키는 대로 움직이거나―그것은 또 그 자체로 세상의 동력이니까. 문제는 바로 나 같은 인간이다. 나와, 모아이 같은 인간이다. 도대체가

데이터가 없다. 생명력도 없고, 동력도 아니다. 누락도 아니고, 소외도 아니다. 어떤 표현도 어떤 동의도 한 적이 없다. 그런데도 이렇게 살고 있다. 우리는 도대체

치수의 패거리는 모두 다섯이다. 어중이떠중이를 합치면 수십 명은 되겠지만, 이 다섯이 패거리의 중심이다. 실은 오래전 국가의 모 기관에서 개와 인간을 결합, 인간의 전투력을 극대화하는 실험을 했다. 무슨 SF도 아니고 그런 실험이 성공할 리 없었다. 연구기관은 문을 닫고, 남은 건 결국 개와 인간의 잡종아기들이었다. 실패작들은 여기저기 싼값으로 팔려나갔다. 그런 사실을 까마득히 모른 채, 그에 걸맞은 바보 부모들이 이 잡종들을 옹야 옹야 길러왔다ー라고밖에는 생각할 수 없는 더러운 놈들이다.

여자애들은 그보다 더하다. 원래 1910년에서 1920년 사이에 태어난 분들인데, 어째어째 한 세기가량을 매춘에 몸바쳐 일한지라 막대한 부를 축적할 수 있었다. 그리고 여든살이 되던 순간 전재산을 쾌척, 온몸의 주름을 팽팽히 당기는ー보지의 주름까지ー팽팽히 당기는 초 하이테크 전신성형을 받고 빈털터리 열다섯살 행세를 하고 있다ー라고밖에는 생각할 수 없는 걸레들이었다.

빨아.

실제로 그중 한명의 그곳을 나는 빤 적이 있다(실은 입만 대고 있었다). 치수의 전화를 받고도 몸이 아프다며 원조교제를 나가지 않은 아이였다. 야, 못! 가방을 나에게 들게 하고 여자애의 자취방을 찾아간 치수가 방문을 걷어차고 들어갔다. 게을러 보이기도 하고 아파 보이기도 하는 여자애였는데, 정말 머리카락을 거의 뽑아버렸다. 그리고 떡볶이 자국이 남아 있는 프라이팬으로 사정없이 여자애의 머리를 내리쳤다. 벗어. 떡볶이 국물이 묻은 추리닝을 여자애가 내리자 나에게 또 그짓을 시켰다. 빨아. 그리고 폰으로 그 장면을 찍었다.

1910년에 빨다가 만 빨래의 냄새 같은 것이, 여자애의 다리 사이에서 심하게 풍겼다.

요약하자면

그런, 인간들이다. 그런 인간들이, 2%의 인간 옆에 붙어 있다. 잘 씻지도 않고, 훔치고, 삥을 뜯고, 원조교제를 하고, 그 돈을 갈취하고, 협박을 하고, 때리고, 세금도 한푼 내지 않으면서 기분 내키는 대로 돈을 챙긴다. 그보다 더 용서할 수 없는 건, 자신이 그 2%에 들어 있다고 착각하는 것이다. 음으로든 양으로든, 똥대가릴 굴리며 그렇게 여기는 것이다.

착각 마, 이 새끼들아

벌판은 여러모로, 그래서 치수패들에게 유익한 공간이었다. 숨어 나쁜 짓을 하기엔, 이만큼 좋은 장소도 없을 거란 생각이다. 원래 도랑이 있어 사십분은 돌아가야 하는 곳인데, 공사가 시작되면서 트럭들이 흙으로 도랑을 메워버렸다. 학교 뒷산을 끼고 돌면, 그래서 벌판은 채 십분이 걸리지 않는 거리가 되었다. 처음 이곳에 끌려온 날도 심하게 맞았다. 소파가 있는 쪽은 아예 몰랐고, 인근의 모랫더미 앞에서 쎄트로 당했다. 치수패들이 돌아가고도 한참을 우리는 누워 있었다. 엉금엉금, 그리고 모아이가 소파를 발견했다. 소변을 볼 요량에 쌓여 있던 각목더미를 돌아들어가서였다. 어떻게 된 거야. 도무지 나오지 않아 그 뒤를 쫓았는데, 파묻힌 느낌으로 모아이가 앉아 있었다. 털썩, 나도 그 옆에 주저앉았다. 소파는 2인용이었고, 어떻게 된 건지 그 앞엔 탁구대가 놓여 있었다.

그 풍경을 아직도 잊을 수 없다.

탁구대는 벌판과, 세계의 집약(集約) 같은 느낌으로 그곳에 놓여 있었다. 장마가 끝난 후의 청명한 하늘이었고, 태풍이 오기 전의 고요한 대기였다. 그래서 더 선명한 붉은색의 라켓과, 주변에 널려 있는 여러개의 흰 공이 눈에 들어왔다. 그리고, 아무도 없었다.

탁구 칠래?

모아이의 목소리를 들은 것은 그때가 처음이었다. 야, 못! 이
라고 부르지 않아 반응이 늦긴 했으나, 나도 고개를 끄덕였다.
그리고 말없이, 우리는 탁구를 쳤다. 정식으로 탁구를 배운 적은
없지만, 대충 어떤 식으로 넘기고 받는지를 우리는 알고 있었다.
그것이 전부였다. 핑. 퐁. 핑. 퐁. 핑. 퐁. 핑. 퐁. 이상하리만치
상쾌한 소리가 났고, 이상하리만치 경쾌한 기분이었다. 땀이 났
다. 맞은 자리의 통증 같은 것이 땀과 함께 밖으로 빠져나가는
느낌이었다. 그렇게 해서

우리는 탁구를 치게 되었다.

휴우, 땀을 닦으며 다시 소파에 앉았을 때는 결리던 어깨와 허
리가 시원하게 나은 느낌이었다. 저기, 말이야… 그때 일… 그
거 미안해. 어디서 그런 용기가 솟았는지 모르겠다. 하지만 분
명, 억지로 삼켰던 탁구공 같은 것이 입 밖으로 나와 통 통 통 떨
어지는 기분이었다. 네 잘못이 아니잖아. 공을 주워 돌려주는 느
낌으로 모아이가 얘기했다. 그 공을, 나는 말없이 받았다. 작지
만 희고, 눈부신 공이었다.

퐁

　반(班)은 전부 마흔두명으로 이뤄져 있다. 모 아이의 반은 마흔다섯, 또 그렇게 열다섯 개의 반이 모여 한 학년을 이루고 있다. 학년의 총원은 육백삼십칠명, 그렇게 이뤄진 세 개의 학년을 모두 합하면 천구백삼십오명의 전교생이 산출된다. 그것이 우리 학교다. 시(市)에는 도합 서른한 개의 중학교가 있다. 검색하면 오만구천이백오명의 중학생이 시의 일원으로 등록되어 있음을 알 수 있다. 나는 그중의 한명이다.

　물론 그것도 우리 시의 중학생을 기준으로 삼았을 때의 얘기다. 시의 영역이 전국으로 확산되거나, 아시아와 세계, 혹은 인류를 기준으로 확산된다면 문제는 달라진다. 마흔한명에게 둘러싸인 중학생의 느낌과는 차원이 다르게―실은 지독히도 많은 인간이 이 세계에 살고 있다. 쓸데없이… 그런 생각은 왜 한 거지?
그럴 리 없겠지만, 그런 질문을 해줄 친구가 있다고 가정하자.
가정하고, 응, 그건 기도를 하다가 든 생각이야,라고 내가 대꾸
하고, 또 물론 가정이지만-기도라니 뭔 말이야?라고 친구가 다
시 묻는다면, 묻는다고 한다면… 하지만 역시

그런 친구가 있을 리 없다

나는 혼자다. 늘 마흔한명 속에 앉아 있지만, 또 육백삼십칠명
의 졸업앨범에 나란히 사진을 넣기도 하겠지만, 실은 천구백삼
십사명과 오만구천이백사명과 육십억의 인류가 나를 둘러싸고
있다고도 볼 수 있지만-결과는 마찬가지다. 아무도 나에게 말
을 걸지 않는다. 내가 말을 걸 수도 없다. 아무 잘못도 없는데,
그렇다. 아무리 생각해도 이건 잘못된 일이다. 누구에게나 이름
을 알고, 매일 얼굴을 봐야만 하는 마흔한명 정도의 인간들이 있
다. 마흔한명 정도의 그 인간들이, 실은 그래서 천구백명과 오만
구천명, 나아가 육십억 인류를 대표해 한 인간과 대면하는 것이
라고 나는 생각했다. 지독하다. 과연

니들이 인류를 대표한 거냐?

굽어,살피소서. 그래서 기도를 했다. 기도는, 한창 손톱을 물

어뜯던 때의 주요한 일과였다. 죽여주세요. 제발 죽거나, 사라지게 해주세요. 어두운 방 안에서 손톱을 뜯다보면, 순간 말 못할 고통과 함께 피가 입속으로 고여들었다. 죽여주세요, 제발. 그래도 자라나는 손톱과 생살처럼, 다음날에도 그 다음날에도 폭력의 촉수는 무럭무럭 자라났다. 이건 잭과 콩나무야. 이대로 콩나무를 타고 오르면, 어느새 하늘, 어느새 구름, 어느새 죽음.

기도를 멈춘 것은 가족과 함께 말레이시아를 다녀와서였다. 비행기를 타고, 난생처음 구름 이상의 세계로 올라간 것이었다. 보이지 않겠구나. 그때 비로소 알 수 있었다. 육십억과, 오만구천이백사명과, 천구백삼십사명과, 육백삼십육명과, 마흔한명에 둘러싸인 중학생 같은 게 보일 리 없다는 사실을. 아니 실은 육십억의 인류 같은 것도 보이지 않는다는 사실을. 어느새 구름, 어느새 땅, 어느새 삶.

결국 인류의 문제는 인류 스스로만이 해결할 수 있어. 친구가 있다 가정하고, 나는 다시 중얼거렸다. 신이 있다 가정하고 기도를 중얼대는 것과는, 그래서 약간의 차이가 스스로도 느껴졌다. 나는 더이상 손톱을 물어뜯지 않았고, 아무에게도 구원을 요청하지 않았다. 나는 스스로를 구원할 생각도, 구원할 수도 없었다. 야, 못! 치수의 목소리가 들렸다. 후다닥, 육십억 인류 중에 가장 빠른 속도로 나는 냅다 치수를 향해 뛰어갔다.

가방을 받아들고, 나는 치수의 뒤를 따라 걸었다. 하암, 잘 잤냐? 갠 날씨처럼 하품을 하며 치수가 물었다. 무척 기분이 좋아 보였다. 네, 으응. 이것이 치수다. 어제 그렇게 사람을 때려놓고도, 잘 잤냐,라는 말을 아무렇지 않게 건넨다. 이상하게 꼭 이런 순간, 분한 건지 감사한 건지 알 수 없는 눈물이―핑, 뜨겁고도 갑작스레 눈가에 고인다. 모아이는? 그, 글쎄. 이상하게 단 한번도, 나는 모아이를 위한 변명을 해준 적이 없다. 변명 따위 소용이 없다는 걸 알기도 하지만, 그것이 이유의 전부는 아니다.

야, 못. 그 가방 말이야, 마리년 방에 좀 갖다놔줄래? 으, 으응. 하고 잠시 주춤했지만, 나는 냉큼 발길을 돌린다. 참, 이거. 돌아보니 치수가 천원짜리 한장을 불쑥 내밀었다. 멀잖아, 가다가 음료수라도 사먹어. 아니 괜찮아,라고 말하면서도 나는 꾸깃, 그 돈을 받아넣었다. 언제 또 기분이 변할지 몰라서였다. 뛰어. 음료수라도 마시라더니 뛰라는 건 또 뭐지, 의심할 겨를도 없이 타다닥 나는 달리기 시작했다. 탁 탁 탁 탁 달려가는 나를, 등교길의 아이들이 무심히 바라보았다. 마흔한명의, 육백삼십육명의, 천구백삼십사명의 일부인 눈동자들이 물끄러미 나를 투과해 교문 쪽으로 흘러갔다.

마리의 방은 더럽게 멀다. 누군가 하면 떡볶이, 그러니까 1910

년에 태어나신 그분이다. 즉 신흥지구의 유흥가 근처 원룸에 살기 때문에, 버스를 타고도 스물서너 정거장을 달려야 한다. 인류를 대표한 강물이 교문 쪽으로 완전히 흘러간 후, 나는 혼자 버스를 기다렸다. 하아 하아, 어제 맞은 옆구리가 또다시 아파왔다. 버스는 좀처럼 오지 않았다.

이봐요, 에어컨 좀 켭시다. 버스 안에서 남자 하나가 소리쳤다. 덥긴 했지만, 덥다고도 덥지 않다고도 할 수 있는 그런 온도였다. 기사는 아무런 대꾸도 하지 않았다. 거 좀 켭시다. 이번엔 어떤 여자가 소리쳤다. 운전석의 창을 열고 기사는 딴전을 피우더니, 웅성웅성 다시 항의가 줄을 잇자 말없이 에어컨을 작동시켰다. 과반수였다. 다수의, 다수에 의한, 다수를 위한 냉풍이 머리 위 송풍구에서 쏟아져내렸다. 마리의 방까지는 아직도 세 정거장이 남아 있었다.

세계는 다수결(多數決)이다. 에어컨을 만든 것도, 말하자면 자동차를 만든 것도, 석유를 캐는 것도, 산업혁명과 세계대전을 일으킨 것도, 인류가 달에 간 것도, 걸어가는 로봇을 만든 것도, 우주왕복선이 도킹에 성공한 것도, 휘 휘 지나가는, 저 규격 저 위치에 저 품종의 가로수를 일렬로 심은 것도, 모두 다수가 원하고 정했기 때문이다. 누군가가 인기의 정상에 서는 것도, 누군가가 투신자살을 하는 것도, 누군가가 선출되고 기여를 하는 것도,

실은 다수결이다. 알고 보면 그렇다.

따를 당하는 것도 다수결이다. 어느 순간 그 사실을 알 수 있었다. 처음엔 치수가 원인의 전부라 믿었는데, 그게 아니었다. 둘러싼 마흔한명이, 그것을 원하고 있었다. 다수의, 다수에 의한, 다수를 위한 냉풍이 다시 폭포처럼, 송풍구에서 쏟아져내렸다. 손을 뻗어 송풍구의 밸브를 잠그려 애써보았다. 퓌 퓌, 고장난 밸브의 덮개 한쪽이 요란한 소리를 내기 시작했다. 다시 밸브를 열었다. 확실히 춥긴 했지만, 나는 아무 말도 하지 않았다.

거 에어컨 좀 끕시다, 라고 소리치는 것은, 그래서 날 좀 따돌리지 말라니까, 라고 소리치는 것과 같다. 모쪼록 그 사실을, 나는 알고 있었다. 반팔 아래의 삼두박근을 손바닥으로 감싼 채ー나는 시간이 지나기만을 기다렸다. 다수의 결정이다. 참고, 따라야 한다. 에취. 뒤에서 누군가 심한 재채기를 했지만, 이내 버스 속은 잠잠해졌다. 인간은 누구나 다수인 척하면서 평생을 살아간다.

<내리실 분은 버튼을 눌러주세요>를 나는 누른다. 두 개의 가방을 들고 선 중학생에 대해, 과반수의 승객들은 아무런 관심을 갖지 않는다. 다수인 척, 스스로도 무관심하게ー나는 두 개의 가방을 들고서 버스의 계단을 내려선다. 아홉시 반, 이미 일교시가

끝나가고 있었다. 정류장 앞에는 오래된 학원건물이 서 있다. 역광(逆光)의 해가 마침 옥상에 걸려 있어, 건물의 키는 더욱 높아 보였다. 내리실 분은 버튼을 눌러주세요－한동안 높은 건물의 옥상만 보면, 그런 기분으로 뛰어내리고픈 충동에 휩싸이곤 했었다. 내리실 분은, 버튼을 눌러주세요. 그 버튼을, 나는 참 얼마나 매만졌던가.

조용하고 착한 애였어요. 믿기지 않아요. 왜 좀더 잘해주지 못했나 후회가 돼요. 끝끝내 버튼을 누르지 않은 까닭은－치수 때문도, 혹시 남아 있을 내 삶의 희망 때문도 아니었다. 눈물을 닦으며 다시 수업에 열중할 마흔한명의 <다수인 척> 때문이었다. 스스로는 단 한번도 나를 괴롭힌 적이 없다 믿고 있는, 그러니까 인류의, 대표의, 과반수. 조용하고 착한, 인류의 과반수. 실은, 더 잘해주고 싶었을, 인류의 대다수.

딩동. 벨을 눌렀으나 아무런 기척이 없었다. 나는 다시 벨을 눌렀다. 그리고 다시 벨을 눌렀다. 또 눌렀다. 또 한번 더, 그리고 다시. 다른 이유는 아니고, 치수가 가방을 이곳에 갖다두라 했으므로－다른 수가 없다. 외출이라도 했다면 이거 문제가 복잡한데, 하던 차에 겨우 목소리가 들렸다. 누구야. 치, 치수 심부름인데. 부스럭, 잠이 덜 깬 얼굴의 마리가 창문을 열었다. 역겨운, <뭐야, 너였군>의 표정이 역력했다. 안녕, 인사를 건네기도 전에 대뜸 시간을 물었다. 지금 몇시야? 열시, 그쯤일 거야. 빛이 부신지 마리는 눈을 뜨지 못했다. 듬성듬성 뽑혔던 머리가 그 사이 꽤 자라 있었다. 탁 탁, 담배를 물고 열심히 불을 붙이려던 마리가 고장난 라이터를 던지며 말했다. 불 있니? 없어. 불도 없어? 담배 안 피워. 그럼 돈은? 딱히 뭐라 대답을 못하는데 마리가 말했다. 가서 음료수 하나만 사다줄래?

탁 탁 탁 탁 계단을 뛰어내려갔다. 이유는 알 수 없고, 치수와 그 주변의 부탁을 들으면 일단 몸이 반응한다. 부탁이 아니라 명령이잖아, 그런 음성이 들려도 할 수 없지만—또 꺼내든 천원이—맞다, 치수가 준 것이지, 라며 스스로를 위로한다. 돌아오니 마리는 담배를 피우고 있었다. 보이진 않았지만 티브이도 켜져 있었다. 실내의 어둠속에서 재잘재잘 홈쇼핑이 흘러나왔다. 자, 이거. 음료수와 치수의 가방을 나는 한꺼번에 건네주었다. 몇시에 온대? 그냥 가방만 갖다두랬어. 톡 톡, 재를 털며 마리가 고개를 끄덕였다.

들어올래?

마리가 말했다. 잠시 머뭇대다가 아니, 라고 대답했다. 멍하니 마리가 나를 바라보았다. 의외라는 눈빛이었다. 멍해진 대화의 공백 사이로 홈쇼핑의 소음이 끼여들었다. 낮은 볼륨에도 불구하고 의외로 또렷한 재잘재잘이었다. 수라상표 즉석 한우갈비 사태찜, 구이 쎄트. 갈비! 장만에서 요리까지 번거롭고 힘드셨죠? 갑자기 들이닥친 귀한 손님, 하지만 이젠 걱정 마세요… 말도 마세요. 직장 동료들이 아주 감탄을 하고 돌아갔습니다. 전자레인지는 물론 이렇게 덮개를 열고… 오분, 오분이면.

배고파. 다시 마리가 입을 열었다. 나는 아무 말도 하지 않았다. 밥 좀 사줄래? 나는 아무 말도 하지 않았다. 밥 사주면 놀아줄게. 나는 아무 말도 하지 않았다. 갈 거야? 고개를 끄덕였다. 설마 수업이라도 받는 거니? 처음으로 웃으며 마리가 물었다. 그 그건 아니고,라는 말이 갑자기 들이닥친 손님처럼 입 밖으로 튀어나왔다. 아주 감탄을 했다는 표정으로 마리가 되물었다. 가서 할 일이라도 있냐? 얼른 할 말이 생각나지 않았다. 없지? 없으면

탁구를 쳐야 해

이유는 알 수 없지만, 그 순간 탁구를 쳐야 해-가 나도 모르게 튀어나왔다. 탁구? 응, 탁구. 이렇게 덮개를 열고?의 느낌으로 마리가 몇번 라켓을 휘두르는 시늉을 했다. 나는 고개를 끄덕였다. 웃겨 죽겠다는 표정으로 새 담배를 꺼내문 마리가 큭큭큭 했다. 안녕. 탁구공처럼 가볍게, 뛰어서, 나는 계단을 내려왔다.

골목을 나서는데 마리의 목소리가 들렸다. 뒤를 돌아보니 여전히 담배를 물고 선 마리가 뭐라뭐라 소리를 질렀다. 뭐라는 거야? 고개를 갸웃하자 억울하게 털을 깎인 양(羊) 같은 표정으로 탁, 창을 닫고 들어가버렸다. 양털 같은 연기가, 창틀의 주변에 지저분하게 널려 있었다.

치수의 패거리들은 전부 마리와 잤다. 내가 알기론, 그렇다. 들어올래?란 말을 들었을 때 우선 그 생각이 머릿속에 들어왔다. 1910년에 태어나신(아마도) 걸레라는 이유로, 내가 마리를 피한 것은 아니다. 그게 어때서, 오히려 정말이지 그게 어때서냐는 생각이다. 신이 굽어봐도 보이지 않는 인간이다. 얼마든지 망가져도, 인간에 대해선 할 말이 없다. 나와 마찬가지로─마리는 마리를 둘러싼 마흔한명의 인간, 그런 인간들의 다수결이다, 그 결과다. 인류를 대표해 치수의 패들이 전부 마리와 잔다. 노인들이, 아저씨들이 돈을 주고 마리와 자는 것이다, 다수인 척하는 것이다. 쎅스를 해본 적도 없지만, 그렇다고 다수인 척 쎅스를 하기 싫어서도 아니었다. 이유는 한 가지, 나는 누군가와

의미있는 관계를

맺기가 싫다. 정말이지, 그렇다. 차라리 마리가 양이라면, 나는 즐거이 관계를 맺었을지도 모른다. 하지만 인간은 싫다. 인간

이라면, 그러니까 나는 누구와도 관계하고 싶지 않고, 누구와도
관계되고 싶지 않다. 제발이다. 제발, 그런데 왜, 그런데, 왜—날
내버려두지 않는 거지? 툭 툭, 돌멩이를 걷어차며 나는 생각했
다. 오전의 거리는 돌멩이가 맘 푹 놓고 십 미터를 굴러가도 좋
을 만큼 한산하고 한산했다. 꿈이 있다면

평범하게 사는 것이다. 따 같은 거 당하지 않고, 누구에게도
피해를 주지 않고, 다수인 척 세상을 살아가는 것이다. 그게 전
부다. 일정하게, 늘 적당한 순위를 유지하고, 또 인간인만큼 고
민(개인적인)에 빠지거나 그것을 털어놓을 친구가 있고, 졸업을
하고, 눈에 띄지 않게 거리를 활보하거나 전철을 갈아타고, 노력
하고, 근면하며, 무엇보다 여론을 따를 줄 알고, 듣고, 조성하고,
편한 사람으로 통하고, 적당한 직장이라도 얻게 되면 감사하고,
감사할 줄 알고, 이를테면 신앙을 가지거나, 우연히 홈쇼핑에서
정말 좋은 제품을 발견하기도 하고, 구매를 하고, 소비를 하고,
적당한 싯점에 면허를 따고, 어느날 들이닥친 귀중한 직장동료
들에게 오분, 오분 만에 갈비찜을 대접할 줄 알고, 자네도 참, 해
서 한번쯤은 모두를 만족시킬 줄 아는 그런 사람. 나도 그런 사
람이 되고 싶다. 그런 사람이 되면

행복할 수 있을까?

버스는 오지 않았다. 좀더, 나는 버스를 기다려본다. 열시 반, 2교시가 한창일 시간이다. 다수인 척, 스물서너 정거장이 떨어진 곳에서는—다수가, 다수에 의한, 다수를 위한 수업에 열중해 있을 것이다. 행복할 수, 있을까? 인류에게도 2교시란 게 있을까? 나는 버스를 기다린다. 아무리 생각해도

인류의 속셈을 모르겠다.

뭐,
밥은 누가 사줘도 사주는 거겠지만

학교에 돌아오니 이미 치수는 보이지 않았다. 패거리도 따라 시내로 나간 듯했다. 남북전쟁이 끝난 후의 노예처럼—나는 불안해하면서도—모처럼 편안히—도시락을 먹고, 물을 마시고, 책상에 엎드려 잠을 잤다. 잘 수, 있었다. 눈을 떴을 땐 이미 5교시가 끝나 있었다. 비록 이상한 일이긴 해도, 치수가 없으면 할 일이 없다.

치수는 오지 않았다. 몇번이고 휴대폰을 확인했으나 어떤 호출도 들어와 있지 않았다. 집에 가도 될지 어떨지, 그래서 판단이 서질 않았다. 수업이 끝나고 모아이가 찾아왔지만, 그래서 어떤 내색도 하지 않았다. 어떤 책임도, 지기 싫어서였다. 어쩌지? 집에 가잔 얘기를 모아이가 해주길 바랐는데, 뜻밖에도 탁구—

란 대답을 들어야 했다. 탁구, 그리고 또 웅얼웅얼 몇마디를 하긴 했지만, 어쨌거나 그 짧고 간략한 탁구, 때문에 나는 다시 벌판을 향해 걷게 되었다. 늘 오가던 그 길을, 그러나 아프리카로 돌아온 흑인처럼-하늘도 보고-흙을 만져보기도 하며-걸어갔다. 갈 수, 있었다. 도착하니 문득 아프리카와 비슷한 풍경이 눈앞에 펼쳐져 있었다.

소파는 서쪽을 향해 있었다. 누군가 왔다간 흔적이, 그래서 역력했다. 누굴까? 풀썩 소파에 주저앉으며 내가 말했다. 탁구대도 캐비닛도 모든 것이 그대로였지만 달라진 것이 하나 있었다. 라켓과 공이 보이지 않았다. 벌판 끝의 공사현장을 바라보며-그래서 나는 여기까지 걸어와 탁구를 즐기는 인부들이 있나보다, 편하게 생각을 해버렸다. 모아이는 아무 말도 하지 않았다.

그것은 어떤 삶일까. 수십 톤의 철골을 쌓고, 기계를 작동하고 (면허 같은 건 기본이란 얘기 아닌가), 뜨거운 태양 밑에서 주상복합의 건물을 짓고, 무엇보다 땀을 흘리고-점심을 먹은 후 수백 미터를 걸어와 탁구를 한판 치는 인생. 행복, 할까? 따인 주제에다 공도, 라켓도 없는 나로서는 전혀 상상이 가지 않았다. 핑, 퐁, 핑, 퐁, 그리고 자 이제 일할 시간이야, 벌판을 뛰어가는 한 무리의 얼룩말 같은 남자들을 나는 떠올렸다. 행복, 할까?

따만 당하지 않는다면 – 나도 그 정도는 할 수 있다, 있을 것이다, 그 정도 자신은 있다. 목소리가 크고, 초원의 끝에서도 보일 만큼 흑백의 줄무늬가 선명한 – 즉 좋고 싫음을 언제나 분명히할 수 있는 – 그런 인생 말이다. 그런 인생을, 살 수 있을까? 물론 자신은 있지만, 만약에… 만약에 함께 탁구를 치던 동료들이… 함께 탁구를 치기도 한다고 해서 어느날 불쑥 찾아온다면… 그러면 어쩌지? 오분 만에… 그러니까 갈비… 그런 걸 미리 사둬야만 하나? 아아 어쩌지? 생각만으로도 나는 머리가 아파왔다.

이봐 모아이… 멀뚱히 나를 바라보는 모아이에게 나는 정색을 하고 물었다. 식은땀, 같은 것이 목덜미를 흐르는 느낌이었다. 너 말이야… 혹시 우리집에 놀러 오고 싶거나, 그런 적 있니? 화산석(火山石)의 피부에 이끼가 껴도 좋을 만큼, 모아이는 오오래 허공을 응시했다. 아니. 석상의 입이 무겁게 움직였다.

고마워

나는 고개를 끄덕였다. 그래서 모아이가 편하게 느껴졌다. 매일… 여기서 탁구를 치면 좋지 않을까? 일어나 탁구대의 모서리를 매만지며 모아이가 물었을 때도, 나는 그래서 편안한 마음이었다. 과연 모아이라면, 그래서 함께 탁구를 쳐도 좋겠다는 생각이 들었다. 휴대폰을 한번 확인한 후, 나는 고개를 끄덕였다. 괜찮으면 지금 같이 라켓을 사러 가지 않을래? 모아이가 말했다. 지금? 언제 또 이런 시간이 생길지 알 수도 없고. 확실히, 그건 그렇다는 생각이 나도 들었다. 다시 한번 휴대폰을 확인한 후 나는 몸을 일으켰다. 그것이 태풍의 징조란 걸 안 것은 물론 나중의 일이지만-초원의 끝에 앉아 있던 수만명의 줄루족(族)이, 우르르 함께 몸을 일으키는 착각이 들었다. 강렬한, 검은 구름의 떼였다.

버스를 타고 우리는 시내로 향했다. 갑자기 날이 어둑해지더니 빗방울이 마구 쏟아지기 시작했다. 버스는 한산한데다, 교통 상황을 전하는 라디오가 거슬리는 음폭으로 차체를 울리고 있었다. 볼륨을 좀 줄여달라 말하고 싶었지만-하나, 둘… 여섯, 여섯의 승객 중 과반수가 아니란 생각에 그만 자신감을 잃고 말았다. 나는 고작

좀 시끄럽지 않니?

라고 모아이에게 말했을 뿐이었다. 모아이는 별다른 반응을 보이지 않았다. 퇴근시간이 가까워진 도로는 늘어난 차량과 비바람, 그리고 어둠이 한데 뒤엉켜 심한 체증을 앓기 시작했다. 이나미 리포터 나와주세요. 치직. 네 여기는. 치직. 태풍은 급속도로. 치직. 투신한 여성은 현장에서. 치직. 건물이 대로변이어서.

치직. 사고수습에 곤란이. 치직. 우회하시기 바랍니다. 정말이지, 시끄럽지 않은 걸까? 노선을 우회해 조금씩 속도를 내기 시작한 버스 속에서 나는 생각했다. 사람들은, 정말이지 인류는.

메트로폴리스에서 내린 우리는, 일단 편의점을 향해 부리나케 뛰었다. 바람은 이미 강풍으로 돌변해, 광장을 질러 쇼핑몰까지 가기가 그닥 쉬운 일은 아닐 것 같았다. 또다시 휴대폰을 확인한 후, 우리는 나란히 우산과 핫초코를 구입했다. 탁구용품이라고? 글쎄 요즘은 그걸 취급하는 곳도 많이 줄었을 텐데. 놀랍게도 편의점의 사장은 모아이를 잘 아는 눈치였다. 날씨도 이래서… 전화로 확인해보는 게 안전하겠지? 마침 메트로폴리스에 입점(入店)한 친구가 있다며 사장은 직접 전화를 걸어주었다. 그래 스포츠 쪽 말이야, 이런저런 얘기가 오가더니 사장은 아 그렇습니까? 예 예, 하며 급히 약도를 그려서는 우리에게 넘겨주었다. 전화하길 잘했지? 마침 그쪽의 용품점이 러닝머신 전문점으로 전환했다지 뭐냐. 그곳 사장이 여길 가보라는구나. 제대로 된 탁구 전문샵이라는데 알아보겠니?

<랠리>라는 이름의 그 가게는 메트로폴리스에서 두 블록 떨어진 구(舊) 상가지역에 위치해 있었다. 도시의 모든 오랜 것들이 모여 있는 곳이었다. 아마도 고집이 있는 가겔 거야, 모아이가 중얼거렸다. 건물이 끊어지는 지점마다 우산이 뒤집힐 만한

강풍이 쏟아졌지만, 위태위태 또 이어진 건물을 방패삼아 우리는 <랠리>를 찾아갔다. 그건 그렇고, 편의점의 사장과는 친척이니? 뒤집힌 우산을 다시 뒤집으며 내가 물었다. 아니, 같은 클럽의 회원이야.

클럽이라니!

사실 무척이나 놀랐지만 내색은 하지 않았다. 하지만 클럽, 게다가 그런 어엿한 성인과 친분을 나누는 클럽이라니. 순간 모아이가 명왕성 정도로 멀게 느껴졌지만, 나는 역시 내색하지 않았다. 어떤… 클럽인데? 말해도 될까? 아무한테도 말하지 않을게. 핼리혜성을 기다리는 사람들의 모임이야. 핼리혜성? 응. 그럼 뭐 소원 같은 걸 비는 건가? 그런 건 아니고, 쉽게 말하자면 핼리가 와서 지구와 충돌해주길 기다리는 사람들이야.

잘은 몰라도, 뭔가 대단한 박력에 나는 사로잡혔다. 충돌이라니, 나와는 비교할 수 없을 만큼 모아이는 맹렬히 살고 있구나― 우산 속에서 절로 고개가 숙여졌다. 아까 그 아저씨 말이야… 부인에게 딴 남자가 생겼어. 게다가 돈까지 빼돌리고 있다는 걸 얼마 전에 알았지. 말하자면 그런 사람들이야. 말하자면, 그런 사람들이구나. 나는 다시 고개를 떨어뜨렸다. 구 상가의 낡은 네온들이 비와 강풍에 급격히 풍화작용을 일으키고 있었다.

<랠리>는 역시나 낡은 상가의 3층에 위치하고 있었다. 태풍의 영향인지 듬성듬성 문을 닫은 가게들이 있어, 건물은 전체적으로 버려진 벌집 같은 분위기를 풍기고 있었다. 복도나 계단도 거의 한산한 분위기였고, 단지 우리 둘만이 새 집을 짓는 일벌처럼 분주한 마음이었다. 문을 열고 들어서자 주인은 식사를 하고 있었다.

<랠리>의 주인은 외국인이었다. 콧날이 가파르고 머리가 벗어진─그래서 새 같기도 하고 쥐 같기도 한, 묘한 인상의 노인이었다. 근본적으로 외국인인데다, 또 골똘히 쌘드위치를 먹고 있어 우리는 차마 말을 건네기가 곤란했다. 멈칫멈칫 샵을 둘러보기 시작한 모아이를 따라─그래서 나도 라켓과 탁구대, 즐비한 벽의 포스터와 사진 들을 둘러보았다. 그중 한장의 사진에 라켓을 추켜올린 주인의 젊은 모습이 담겨 있었다. 선수였구나, 서로의 얼굴을 바라보며 모아이와 나는 고개를 끄덕였다. 식사를 끝낸 주인은 남은 커피를 마저 비운 후 조심스레 코를 풀었다─풀었다,라고는 해도 실은 코의 양쪽을 지그시 누르는 것이었다─선이 강한, 콧수염이 딸린 매부리코가 그래서 더욱 강조되는 느낌이었다. 킁 킁, 거울을 보며 콧수염을 부풀린 주인이 그제서야 우릴 향해 말문을 열었다.

벌판에서 왔구나.

기분이 잠시 멍했지만, 모아이와 나는 고개를 끄덕였다, 끄덕일 수밖에 없었다. 말 그대로 벌판에서 온 것이기 때문이었다. 놀라긴, 요즘은 협회 사람들이 아니고선 그쪽을 경유해오는 사람들이 대부분이란다. 팔짱을 낀 채 싱긋 웃으며 주인이 얘기했다. 유창한 한국어였다. <한국말을 잘하시네요>와 <거기 사람들을 아시나요>가—나와 모아이의 입에서 동시에 튀어나왔다. 두서없이 날아온 두 개의 공 중에서, 우선 하나를 선택해 주인이 정확한 리씨브를 했다.

말이 유창해질 만큼 여기서 산 시간이 길었단다. 내 이름은 세끄라탱, 원래는 프랑스인이고 지금은 한국인이랄까? 아무튼 30년 전 서울오픈에 참가했다가 눌러앉은 거란다. 그래서 이젠 스스로도 불분명해. 프랑스인? 한국인? 그러니 쉽게 <탁구인>이라고 생각해주면 좋겠어. 탁구의 세계에선 국경 따위 없는 거니까.

벌판의 탁구대에 대해 아시나요? 아까와는 다른 각도로, 자신의 공을 주워온 모아이가 낮은 목소리의 써브를 다시 넣었다. 그 탁구대? 경쾌하게 주인은 그 공을 받아주었다. 알다마다지, 업계의 전설이니까. 전설이라구요? 그 탁구대는 말하자면 프로토타입(prototype)이란다. 프로토타입? 그건 공장에서, 그러니까

대량으로 제품을 생산하기 전에 제작하는 원형을 뜻하는 거란
다. 즉 이 땅에서 제작된 모든 탁구대의 원형인 셈이지.

그런데 그런 게 왜 거기 있는 거죠? 말하자면 복잡하단다. 원
래 그 부지는 신화사(信和社)가 있던 자리란다. 한국 최초로 탁
구용품을 생산해낸 유서깊은 회사지. 그런데 여차저차해서, 또
여차저차한 이유로 3대째에 이르러 문을 닫게 된 거야. 공장과
부지도 몽땅 헐값에 넘어가버렸지. 그리고 남은 게 그 탁구대와
캐비닛이란다. 실은, 어떤 의미에선 문화재라고 해야 할 그런 물
품들이지. 잠깐 이걸 한번 보겠니?

계산대 아래의 금고를 열고 세끄라탱이 꺼낸 것은 라켓이었
다. 고무(이때는 러버란 용어를 알지 못했다)의 테두리가 죄 벗
겨진, 지독히 낡고 초라한 모습이었다. 1926년작(作), 신화사 최
초의 라켓이란다. 실은 날 반하게 해서 이곳에 눌러앉게 만든 장
본인이지. 어떠냐? 그리고 지그시 한쪽 눈을 내려감은 세끄라탱
이 코너의 할로겐 아래에서 라켓의 이모저모를 비춰 보았다. 아
름답지? 라고 묻는다면 — 아름답다고 얘기할 태세를 갖추고 있었
는데, 그는 더이상 아무 말도 하지 않았다. 모든 골동품이 그렇
듯, 라켓은 분명 아름답다고도 말할 수 있는 그런 것이었다.

그만 여기까지. 다시 입을 연 세끄라탱은 이미 푹, 깊은 잠을

자고 난 사람의 표정이었다. 아마도 라켓을 사러 왔겠지? 뭔가 더 묻고픈 게 많았지만, 금고의 문을 잠그는 그에게 더는 질문을 던질 수가 없었다. 고작 라켓을 사면서 여차저차한 사정을 전부 묻기란 좀 그렇다는 생각이 들어서였다. 모아이도 같은 생각임이 분명했다.

우선 펜홀더(penholder)와 셰이크핸드(shakehand), 두 가지의 대표적인 스타일이 있단다. 일반적으로 펜홀더는 아시아에서, 셰이크핸드는 유럽에서 특히 선호하는 걸로 알려져 있지. 하지만 선택의 이유는 지극히 개인적인 거니까. 자, 그렇지 일단은 잡아보는 게 우선이란다. 어때? 두 개의 쌤플 중 나는 펜홀더를, 모아이는 셰이크핸드를 집어들었다. 잠깐, 이렇게 쥐면 안돼. 이렇게, 즉 펜을 쥐듯 부드럽게… 그래서 펜홀더란다. 셰이크핸드도 마찬가지. 말 그대로야, 악수를 한다는 생각으로… 그렇지.

벌판에서 쥐었을 때와는 뭔가 다른 느낌이 ─ 손끝과 손목과 팔꿈치와 어깨에서, 이윽고 전신으로 차례차례 점등(點燈)되어갔다. 진열장의 형광등보다는 확실히 밝은 에너지였고, 코너의 할로겐보다도 그윽하고 따뜻한 느낌이었다. 어떤 면에서 그것은 태양의 미세한 파편이 아닐까, 란 생각이 절로 들 정도였다.

친절하면서도 자극적으로, 세끄라탱은 라켓의 특징과 사용법,

간단한 탁구의 기초동작들을 우리에게 가르쳐주었다. 뭐랄까, 자극적이라 함은—이를테면 이런 식의 말을 중간중간 섞어넣었기 때문이다. 자신의 라켓을 가진다는 건 말이다, 말하자면 비로소 자신의 의견을 가진 것이란 얘기야—나 같은 유형의 인간에게, 확실히 그것은 자극적인 말이었다. 아차, 휴대폰을 꺼내 확인한 후 나는 또다시 솔깃한 그의 전언(傳言)에 귀를 기울였다. 이미 아홉시가 가까운 시간이었지만, 나는 자리를 뜨고 싶지 않았다. 소금을 뒤집어쓴 민달팽이처럼, 모아이도 꼼짝을 할 수 없는 눈치였다.

결국 나는 펜홀더를, 모아이는 셰이크핸드를 구입했다. 그리고 한 박스의 공과 러버 손질용의 클리너를 덤으로 얻었다. 가게의 불을 끄고 셔터를 내린 후 우리는 함께 계단을 내려왔다. 상가는 이미 어둠속에 잠겨 있었고, 비는 더욱 세차게 내리고 있었다. 부스럭부스럭 세끄라탱이 가방에서 꺼낸 것은 검은색의 커다란 우의(雨衣)였다. 뒤집어쓰면 작은 창을 통해 눈과 코만이 겨우 노출되는 특이한 우의였다. 너희는? 저희는 우산입니다. 그렇구나, 그럼 열심히 치거라. 랠리(탁구경기에서 공을 주고받는 행위)의 중요성을 잊지 말고. 안녕히 가세요. 폭우 속으로 사라지는 세끄라탱의 뒷모습을 보며 우리는 인사를 했다. 그런데 벌판의 그 탁구대 말입니다, 써도 되는 건가요? 모아이가 그렇게 물었을 땐 이미 어둠속에서 희미한 목소리가 들려올 뿐이었다. 물론이지, 누구나 거기서 탁구를 배우는 거야.

좋은 기분이었다. 침대에 누워서도 나는 여전히 라켓을 만지고 있었다. 집으로 돌아온 것은 밤 열시였다. 우산을 쓰고 택시를 탔는데도 온몸이 흠뻑 젖어 있었다. 하지만 기분은 썬샤인 썬샤인. 샤워를 하고 나와서도 여전히 태양의 파편 같은 것이 마음속에 녹아 있는 느낌이었다. 이불 밖으로 빠져나온 발가락들을 향해, 나는 몇번이고 써브를 넣는 상상에 빠져 있었다. 썬샤인 썬샤인, 음악을 듣는 것도 일년 만의 일이었다. 그러니까

이것이 나의 의견이다

의견을, 가져도 되겠습니까? 라켓을 돌려보며 나는 중얼거렸다. 붕, 붕, 라켓이 바람을 가르는 소리가 상상만으로도 귀 옆을 스치는 듯했다. 넓은 벌판과 같은 잠이, 눈앞에 펼쳐지기 시작했다. 라켓을 쥔 채 나는 벌판의 탁구대 앞에 서 있었다. 의견을 가져도, 되겠습니까? 얼룩말들이 달려오는 듯한 빗소리가 의식의 제방을 범람하기 시작했다. 어둡고 깊은 잠의 강 속으로, 나는 깊이, 끝없이 가라앉았다.

푸하, 잠을 깬 것은 휴대폰의 벨소리가 울려서였다. 강의 밑바닥에서부터―부력에 의해 튀어오른 탁구공처럼 급격히 의식이

되돌아왔다. 치수의 전화였다. 메씨지가 아니라 전화, 벨이 울리고 통화를 해야 하는, 정말이지 전화였다. 우선 시계를 보았다. 새벽 두시였다. 새벽 두시라면 잠에 빠져 전화를 못 받을 수도 있지 않을까—그건 전적으로 나의 의견일 뿐이고—나는 얼른 전화를 받았다. 썬샤인 썬샤인, 리피트된 CD의 트랙이 계속해서 흘러나왔다. 잤냐? 쎄븐일레븐 옆이다. 그것이 전부였다.

썬샤인 썬샤인, 오디오를 끄고, 옷을 입고, 나는 부리나케 쎄븐일레븐을 향해 걷기 시작했다. 폭우는 더욱 심해져 이미 발목까지가 물에 잠기는 수준이었다. 그렇게 몇분을 걷고 있을 때였다. 바람과 비의 믹싱음 속에서 또다시 휴대폰이 울렸다. 치수의 벨소리였다. 여보세요? 어 못, 어디쯤 왔니. 거,거의 다 와가. 아, 그게 내가 깜박했는데 말이야. 우산 하나만 챙겨와라. 봐라, 비가 많이 오잖냐? 알지? 접히는 거 그런 작은 거 말고, 길고 큰 우산 말이야. 검은색이면 더 좋겠는데. 알았지? 다시 집으로 나는 발걸음을 돌렸다.

치수는 혼자였다. 여기 우산. 나는 우선 우산을 건네주었다. 검은색과 은색이 칸칸이 섞인 것이라 마음을 졸였는데, 의외로 치수는 말없이 우산을 건네받았다. 고마워. 잠깐 귀를 의심했지만, 치수는 분명 고맙다고 얘기했다. 번개가 번뜩였다. 모쪼록 고맙다는 뜻밖의 말 때문에, 나는 더욱 다리를 떨고 있었다. 우

리 저쪽으로 가자. 치수가 가자고 한 곳은 쎄븐일레븐에서 십 미
터쯤 떨어진 자판기 앞이었다. 여러대의 자판기가 늘어선 위로
줄무늬의 텐트 차양이 드리워진 곳이었다. 동전 있냐? 동전은
언제나 준비해두고 있었다. 두 잔의 커피를 누르고 뽑은 것은 치
수였다. 이런 물어보지도 않았네, 혹시 블랙이라도 좋아하는 거
아냐? 무슨 일일까 더 무서웠지만-아니-무서움을 참고 나는
가까스로 대답했다. 그럼 다행이고. 담배를 꺼낸 치수가 불을 붙
였다. 그리고 한동안 아무 말도 하지 않았다.

마리 그년이 죽었어.

십층에서 뛰어내렸지 뭐냐. 그 때문에 나 조사받고 나오는 길
이야. 그년 전화기에 온통 내 번호가 찍혀 있었거든. 시내 복판
에서 뛰어내려 사건이 컸대나 어쨌대나. 나 참, 난 어제 얼굴도
못 봤는데 말이야.

못, 너도 알지? 내가 그년 얼마나 챙겨줬는지.

마리에겐 미안한 일이지만, 나는 고개를 끄덕였다. 어쨌거나
어제 마지막으로 만난 게 너니까… 궁금한 것도 있고, 또 혹시
말을 맞출 게 있음 맞춰놔야 피곤한 일도 없을 것 같아서 말야.
그러니까 어제 걔 만났을 때 얘길 좀 해줄래? 그게, 그냥 만나서

가방을 줬어. 좀 상세하게 해봐. 응, 문을 두들기고… 걔가 창문을 열더니 몇시냐고 했어. 그리고 또… 음료수를 사다달라고… 그래서 사다줬냐? 으응, 그리고 가방을 건네줬어. 대충 그 정돈데… 혹시 내 얘기 한 건 없냐? 치수의 눈이 잠깐 반짝였다. 어, 없어. 자세히 생각해봐. 나중에 헛소리하지 말고. 다리가 떨려 이미 머릿속이 온통 뒤죽박죽이었다. 그냥 없다고만 해선 안된다는 느낌이 그간의 경험을 통해 뼈저리게 전해져왔다. 아 맞다. 내가 골목을 나서는데 뒤에서 막 소릴 질렀어. 소리? 뭐라고? 그러니까… 밥 좀 사달라고 그랬어. 밥? 으응, 확실히. 그래서? 진짜 그게 다야. 그게 다란 사실을 음미라도 하는 듯 치수는 몇번 고개를 끄덕였다. 찰칵, 새 담배에 불을 붙이며 치수가 중얼거렸다. 꽈릉 천둥이 울렸지만, 나는 그 중얼거림을 섬세히 엿들을 수 있었다.

　뭐, 밥은 누가 사줘도 사주는 거겠지만

다들 잘하고 있습니까?

그러니까 잘하고 있냐고 묻고 싶은 것이다. 변함없이 45분 버스를 타는데 오늘 아침엔 유독 연착을 했다. 51분. 늦은 건 좋은데 만회라도 할 생각인지 난폭운전이 시작되었다. 버릇이, 또 나왔다. 봐라, 신호 무시하고 그냥 밟는다, 꺾고, 끼여든다. 급,정거. 두 대의 경차가 급하게 멈춰선다. 하마터면, 하지만 우리완 상관없는 하마,터면. 고무가 타듯, 비켜준-비켜줄 수밖에 없는 마음, 같은 것이 퓨즈와도 같은 것이-탄다, 차는 급,정거를 했지만 우리완 상관없는 타는 냄새, 타는 냄새가 급,정거를 못했다, 그만 버스의 측면에 충돌한다. 차체에, 유리창에 절대 부딪히진 않았지만-즉 눈에 안 보이는 유리의 분자(分子), 그런 구조물의 빔을 흔들고, 부수고 넘어온다. 스며든다. 그렇구나. 다들, 어디서, 타이어가 타나보다, 한다. 이봐요.

경차의 뒷유리엔 아이가 타고 있어요, 스티커가 붙어 있다. 아이가 다친 건 아니므로, 아니 그것과도 또 상관없이 버스는 달린다. 실은 아이가 타고 있지도 않고, 비일비재한 스피드일까요, 비일비재하게, 6분이 늦었기 때문입니다. 묻거나 답하진 않아도 동의한다. 아무도 다치지 않았습니까? 아무도 다치지 않았습니다. 퓨즈를, 퓨즈를 갈아야겠군요. 비일비재한, 일입니다. 비일비재하게, 오늘도 버스는 학생들과 회사원들로 꽉차 있다. 흔들리고, 에어컨이 나오고, 한곳에, 한꺼번에 내리기 전까지는 주로 타기만 한다. 계속 탄다, 오른다, 들어가세요. 안은 비었다니까, 그러니까, 잘하고 있냐는 것이다. 저 남자는 집이 종점인지, 언제나 저 자리에 앉아 있다. 내가 타기도 전에, 내가 내릴 때까지도 언제나 앉아 있다. 앉아, 성경을 읽는다. 때론 기도 같은 걸, 때론 성경구절을 웅얼거린다. 오늘도 웅얼거린다. 내일도, 아마도 모레도. 그러니까, 잘하고 있냐는 것이다. 그래서 차 안은 언제나 소란스럽다. 그 언니가, 어제 드라마에서 그만—소용돌이 무늬의 페이즐리 이어링을 하고 나왔는데, 그게 그만 너무 멋져버렸다. 언니는 지금 인기가 급,상승중이고, 또 과로로 잠깐 입원,하지만 불굴의 연기 투혼으로 남은 24회분의 촬영을 모두 마쳤다,지 뭐야. 대단하지 않니? 기사의 밑줄엔 과연 누구누구! 그래서 스태프 모두의 박수를 받고, 하지만 고질적인 갑상선과, 야 요즘 그런 게 흉이라도 되냐, 언니는 가슴 성형의 의혹을 받았지만, 한편 소속사 사장과의 스캔들이 루머로 밝혀져 언니의 결백이 입증. 그래서 저 언니는, 그 언니가 더욱 좋아진 것이다. 언니가 산양좌(座), 혈액형은 B형이란 걸, 게다가 4년 전의 데뷔작품까지 비디오로 소장하고 – 어머, 그때 진짜 예쁘게 나왔는데 – 그래서 이번주엔 토요일 두시야, 전에 갔던 데 있지? 야외녹화쎄트장 – 오 야, 비오면 안돼. 그러니까 언니는, 여고생이나 돼가지고 그 언니의 모든 걸 알고 있지만, 그러니까 그 언니는 언니를 알까? 팬 여러분께 감사드려요, 하지만 그런다고, 언니에게 감사할까? 사랑할까? 과연 그럴까, 즉 잘하고 있냐는 것이다. 그래서 어젯밤에도 공부를 많이 했고, 옮긴 학원의 예상문제가 꽤 많이 적중, 이번 시험결과가 아주 좋았던 것이다. 나도 옮길까, 한 과목만 옮기긴 좀 그래. 교재는 어떤 식이야 / 7가지 기능을 하나로. 한번에, 한꺼번에 해결 / 나 눈에 난 거 보이지, 이거 학원에서 옮았지 뭐냐. 말 마 성적 졸라 올랐대니까, 나 같으면, 그러니까 비싼 학원을 / 단과를 찾았는데 말이야, 집중, 집중해서 잘, 하고 있냐는 것이다. 어머, 나 어제 미쳤지 뭐니, 그래 그거~ 질렀대니까. 응, 당분간은 비밀이야. 응 / 응, 야 그런데 이번달에 나또 연체다. 글쎄 담달에 준다니까. 응, 여기? 지금 버스야. 그런건 아니고 – 중요한 건 자기만족 아니겠니? 여보세요? 앗, 과장님 아침부터 웬일이십니까? 네 네. 지금 출근중입니다. 네 네. 괜찮습니다. 네 네. 제가 도착해서요, 바로 파일 첨부해서… 네네, 제가 그걸 또… 마무리를 해서요, 네 네, 보내드리겠습니다. 그럼요. 갑자기 얼굴에는 해바라기가 – 활짝, 해바라기가 네이

네. 도착 즉시 — 해바라기는 약속합니다. 해바라기는 네이 네. 해
바라기는 네이 네, 잘해드리겠습니다. 잘하고, 있습니다. 염려
놓으시구요, 버스는 절대 코스를 역행하지 않습니다. 교통법규
를 / 저희는 정류장을 지나치지 / 고객과의 약속을 / 내리실 분은
버튼을, 사물은 보이는 것보다 가까이 있구요, 내리실 땐 주의
를, 언제나 신호를 준수하고 있습니다. 저희 명보운수는 승객 여
러분의 불편사항을, 고객의 소리 / 접수하고 있습니다. 24시간.
교통카드를 이용하시면 나라의 경제에도, 그리고 카드를, 정액
제와 더불어 — 새로 개통된 마진 터널을 이용함으로써 전체 교통
량의 30%를 분산 — 효과를 기대하고 있습니다. 정부는 상반기
경제현황을 둘러싼, 원리와 원칙과 — 원천징수를 통해 탈세의 경
로를, 원천봉쇄, 5개 중대를 광화문과 종각, 서울역의 집결지에
분산 — 그쪽을 지나시는 차량은, 다음은 경기도가 계획한 / 전체 /
묘지의 절대적인 부족과 / 국토의 효율적 운용 / 아침의 활기도
스스로의 노력에 의해, 이런 말이 있죠. 러시아의 문호 똘스또이
는 말했습니다. 똘스또이는요, 도스또예프스끼와 종종 비교가
되곤 하는데요, 그러니까 사형집행을 당하기 5분 전, 죽기 직전
에 비로소 하늘과 땅, 시베리아의 벌판을 / 다시 화장시설과 납골
당의 확장수용안을 검토하고 / 그 5분 동안 무슨 생각을 했을까
요? 그러니까 다들 — 비일비재하게, 버스는 25분에 도착했다. 같
은 곳에서, 한꺼번에, 다같이, 우리는 내렸다. 늦지 않았다. 늦었
던 6분을, 버스는 만회했다, 만회한 것이다. 늦지 않기를 — 묻거

나 답하진 않아도, 그래서 모두가 동의한다. 아무도 다치지 않았습니까? 아무도 다치지 않았습니다. 아무도 늦지 않았습니까? 아무도 늦지 않았습니다. 하나 둘, 뛰는 아이들이 생겨나기 시작한다. 눈에 보이지 않는 후각세포의 원자(原子), 그런 구조물의 빔을 흔들고, 부수고 고무 타는 냄새가 스며든다. 그렇구나, 다들―그러니까 다들, 잘하고 있냐는 것이다.

치수가 잠적한 사실을 안 것은 태풍이 끝나고 나서였다. 태풍은 일일 815ml의 강수량을 기록했고, 전국적으로 5조 5천억의 피해를 입혔으며, 사흘간 학교의 문을 닫게 하고, 사흘간 우리를 따에서 해방시킨 후 동해에서 소멸되었다. 어이, 못. 패거리 중 하나가 나를 불렀다. <야>와 <어이>가 확실히 다르듯, 호출의 이유도 확실히 다른 것이었다. 어이 못, 잘 들어. 얘기를 요약하자면 치수를 도와줄 목돈을 준비하라는 것이었다. 나에겐 백만원, 모아이에겐 삼백만원. 준비할 날짜는 이틀 뒤까지. 그리고 알게 되었다. 치수가 사라졌다는 사실을. 치수가, 사라졌다. 치수가 사라졌다.

치수가, 사라졌다

한 기(機)의 쌍발 무스탕 같은 것이 하늘을 날고 있는 소리, 같은 것이 81.5데시벨을 기록한 후 동해 쪽으로 사라지는 느낌이었다. F-82G에 대해 아니? 어둡고 비좁은 비상계단을 내려오면서, 그래서 나는 백만원이니 삼백만원이니에 대한 소리는 일절 하지 않았다. 그런 쪽으로 해박한 편이구나—모아이가 말해줄 때까지도 까마득히 잊고 있었다, 나는 과연 2차대전사나 군함(軍艦), 프로펠러 전투기의 기종 같은 걸 줄줄 외우던 아이였다. 평범하지 않은 면이, 없잖아 있기도 했던 유년이었다. 알고 보면, 그렇다. 알고 보면 나도, 알 필요도 없이, 이제 치수가 사라졌다. 백만원 같은 건 아무래도 좋았다. 쌍발 무스탕 따위 모르면 어때, 세계대전 따위 또 일어나면 어때, 치수가 사라졌다. 치수가, 사라졌다.

패거리 둘이 치수와 함께 잠적했기 때문에 나머지 셋도 어수선한 분위기였다. 잠적에 대한 추리도 각기 달랐다. 마리를 밀어떨어트린 게 치수라는 이야기도 있었고, 죽은 마리 때문에 원조교제의 루트가 발각, 도망을 다니는 입장이라고도 했다. 그게 아니라 마리넌 때문에 취조를 받다가 경찰을 찌르고 튄 거래. 나머지 하나가 그렇게 얘기했다. 셋 다, 아무래도 좋은 이유였다. 심지어 셋도, 아무렴 어떠냐는 눈치였다. 아무렴, 어떨까?

내 말이 그 말이다. 실은 아무렇지 않은 것이다. 이제 어쩌냐, 큰일이라며 담배를 꼬나물긴 했어도 실은 아무렇지 않은 것이다. 곧 이런 얘기도 쏟아지기 시작했다. 그런데 그거 아냐? 뭐?

치수가 회충 때문에 미친다는 거. 뭐, 회충? 아 그건 나만 아는 사실인데 전에 얼마나 놀랐던지. 그러니까 막 전화가 왔는데 빨리 어떤 병원으로 오라는 거야. 부랴부랴 갔더니 병원 대기실에 치수가 떨면서 앉아 있는 거야. 왜 그러냐 했더니 너 혹시 이게 뭔지 아냐며 휴지에 싼 걸 보여주더라고. 휴지 속에 뭔가 지렁인지 국수 같은 게 꿈틀대고 있었어. 우웩 이게 뭐냐 했더니, 글쎄 오랜만에 욕조에 몸을 푹 담그고 있는데 갑자기 다리 사이로 뭔가 보이더래. 뭔가 보니까 분홍색 국수 같은 게 똥구멍에서 쑤욱 나오고 있었대지 뭐냐, 얼른 그놈을 잡았는데 잡자마자 다시 쑥 들어가더래. 그래서 치수와 그 국숫가락의 싸움이 시작된 거야. 치수 말로는 제정신이 아니었대. 그게 미끄덩해가지고, 그래도 치수도 보통 독한 게 아니니까. 결국 그래서 끊겨버린 거야. 치수 말로는 놈이 스스로 끊고 들어가버린 거래. 즉 지능도 있는 놈이란 거지. 그래서 그 토막을 들고 백 미터 11초로 뛰어 병원엘 간 거야. 그게 바로 회충이란 거야. 그래도 진찰 끝날 때까지 친구로서 내가 곁에 있어줬지 뭐냐. 의사가 약 계속 먹고 참, 손톱부터 깎고 깨끗이하라고 했지만 그게 되냐? 치수 자취방이 얼마나 더러운지 니들도 알잖아. 그래서 종종 그후에도 미친다고 그랬어. 물론 나한테만 살짝 귀띔을 했지. 그런 날은 내가 봐도 막 돌더라구. 하긴 그런 게 똥구멍에서 막 나오고 들어가고 그러면 나라도 돌았겠지 뭐. 치수가 마리 그년 특히 갈궜잖아. 그게 한번은 그러더라고 이상하게 그년이랑 할 때면 꼭 그게 기어나

온대. 한번은 계속 쑤셔대면서 한 손으론 그걸 붙잡은 적도 있었
대더라. 사람이 미칠 노릇 아니겠냐?

　아무렴, 어떠냐는 것이다. 누가 따를 당해도, 누가 자살을 해
도, 누가 살해되거나 누가 잠적을 해도―실은 그것이 인류의 반
응이다. 60억이다. 인류라는 전체가 개인(個人)을 굽어보기에는
개인이란 개체가 너무나 많다. 비록 이상한 일이긴 해도―개인
은 확실히 인류보다 많다, 다양하다. 나는 그렇게 믿고 있다. 한
사람의 인간은 그래서 분명 인류와는 전혀 다른 생물이다, 동떨
어진 종(種)이다. 즉 누구도 자신의 일을 인류에게 통보하지 못
한다, 할 수, 없다. 분홍색 국수 같은 게 항문을 자주 들락거린다
는 사실을. 실은 그런 이유로 꼭지가 돈 인간에게―못이 박히듯
맞고 산다는 사실을. 실은 그런 이유로, 개인은 세계로부터 배제
(排除)되어 있다는 사실을.

소외가 아니고 배제야

　벌판을 향해 걸어가며 나는 중얼거렸다. 뭐가? 모아이가 물었
다. 따를 당한다는 것 말이야… 소외가 아니라 배제되는 거라고.
아이들한테? 아니, 인류로부터. 살아간다는 건, 실은 인류로부
터 계속 배제되어가는 거야. 깎여나가는 피부와도 같은 것이지.
그게 무서워 다들 인류에게 잘 보이려 하는 거야. 다수인 척, 인

류의 피부를 파고들어가는 거지. 아무렴 어때. 모아이가 말했다. 그건 그래. 나도 고개를 끄덕였다. 비탈을 내려서자—태풍이 휩쓸고 간—말끔히 때를 민 인류의 넓은 등〔背〕 같은 것이 펼쳐져 있었다. 벌판이었다.

탁구대는 무사했다. 소파는 아직도 귀퉁이에서 물이 줄줄 새고 있었지만, 비닐의 커버만큼은 완전히 말라 있었다. 살짝, 모아이가 엉덩이를 얹어보았다. 괜찮아? 괜찮아. 잠시 휴식을 취한 후, 우리는 라켓을 꺼냈다. 기쁘다. 고개를 숙인 채 모아이가 말했다. 안 맞고 탁구를 칠 수 있다니, 나 역시 같은 기분이었다. 피해를 입은 것은 저 너머의 공사현장인 듯했다. 주상복합의 구조물이 눈에 띄게 파손되어 있었다. 공사도 다 중단인가? 멈춰 선 크레인을 바라보며 나는 중얼거렸다. 그 순간만큼은, 세계가 정지해 있었다.

핑

퐁. 핑 퐁. 세계가 다시 움직인 것은 우리의 랠리가 시작되면서였다. 처음엔 말없이, 그러다 한참 동작에 익숙해지자 어느 순간부턴가 대화가 진행되고 있었다. 그것은 기묘한 체험이었다. 공을 받는 순간 말이 나오고, 공이 네트를 넘는 순간 말은 끝난다. 한 소절 한 소절 정확한 템포로, 그래서 마치 노래를 주고 받는 기분이었다. 긴 말을 하기 위해선 또다시 한 박자를 기다려야 했다. 신체의 동작에 따라 뱉는 것인데다, 상대의 동의 없이는 절로 말이 끊어지기 때문이다. 그래서 그것은 공평한 느낌이었다. 아, 이것이 대화(對話)구나. 나는 비로소 세끄라탱의 말을 이해할 수 있었다. 써놓고 보면 지극히 평범한 대화일 뿐이지만, 나는 분명히 그 사실을 알 수 있었다.

미국에 우리 형은
친형이야, 사촌이야?
사촌
그래서?
흑인이 총을 쐈대
왜
그냥 하나 둘 셋 넷 하면서
(동의)
네 방 중 두 방을 맞았대.
죽었어?
죽었대

탁구를 쳐본 적 있을까? 뭐가? 너의 사촌형 말이야, 죽기 전에 탁구를 쳐봤을까, 라는 말이지. 땀을 닦으며 내가 말했다. 글쎄. 손질한 러버를 돌려보며 모아이가 대답했다. 우리는 공평하게,

휴식을 취하고 있었다. 축구나 야구 같은 건 해보지 않았을까? 그건… 그냥 살았다는 얘기로군. 나는 고개를 끄덕였다. 공평하지 못했을 거야. 패스도 한번 못 받거나, 아흔 개의 공을 혼자 던졌어야 했을 수도 있어. 그러다 뱅, 뱅, 뱅, 뱅이라… 인류도 정말 너무하는군. 또다시 쌍발 무스탕이 하늘을 나는 소리, 같은 것이 머릿속을 지나갔다. 나는 하늘을 올려다보았다. 마리는 탁구를 쳐봤을까.

구름이 흘러가고 있었다. 인류처럼 거대한 태풍에서 떨어져나온-개인이란 느낌의 작은 구름이었다. <랠리>는 문을 열었을까? 글쎄… 아마도. 자신의 라켓을 가진다는 거 말이야, 세끄라탱의 말처럼 정말 근사한 일이야. 빙글빙글 손가락에 건 라켓을 권총처럼 돌리며 모아이가 얘기했다. 대단한데? 이틀 내내 연습했어. 나의 펜홀더로는 쉽지 않은 동작이었다. 땀이 식은 후에야 우리는 비로소 백만원이니 삼백만원이니에 대해 생각하기 시작했다. 어쩔 거야? 모아이는 아무 말도 하지 않았다. 나 역시 뾰족한 수가 있을 리 없었다. 차곡차곡 플스와 게임 CD, 참고서 등을 목록에 넣고 또 넣었다. 다 팔아도 고작 이삼십이 전부일 것 같았다. 모르겠다. 엔딩까지 저장된 메모리카드 세 개, 그래도 겨우 오만원 추가. 답이 없는 계산이었다. 모르겠다, 나는 고개를 젖혔다. 구름은 점점 둥글어져, 조금 전 랠리를 끝낸 우리의 탁구공을 닮아 있었다.

사는 걸까. 뭐가? 우리들 말이야… 이러면서… 왜 살아야 하는 걸까. 돈, 언제까지 얼마를 마련해야 한다거나, 언제까지 어떤 무엇이 되어야 하고, 말하자면 열여섯엔 고1이 되어야 한다거나… 아아, 귀찮게… 이유도 모르면서… 생활, 생활하는 거잖아. 별로, 서로를 좋아하지도 않으면서… 애를 낳아 기르질 않나, 나라마다 대사관을 설치하지 않나, 불쑥 집으로 찾아와 음식 같은 걸 대접받고 말이야… 그러면서 고맙다고 하질 않나… 잘 가라고 하질 않나. 죽었다고… 울고 말이야. 뭐, 별로 서로가… 서로를… 그러면서 말이지. 그런가 하면 남아메리카에도 사람이 살고…

미국에서 죽은 사촌형은 말이야. 휙 라켓의 방향을 반대로 돌리며 모아이가 말했다. 존 메이슨이란 작가의 신봉자였어. 존 매이선? 그래… 존 메이슨. 사고를 당한 날도 그의 처녀작을 구하러 시카고 뒷골목의 헌책방을 뒤지던 중이었지. 뒷골목은… 여하튼 그렇지만, 어쩔 수 없었어. 존은 시카고의 헌책방에나 겨우 책이 남아 있을 삼류 중의 삼류거든. 죽은 사촌이 그의 계보를 정리한 게 있는데… 이런 식이야. 헤밍웨이의 아류 중에 스펜서라는 작가가 있는데 다시 그의 아류인 헤링, 쌤, 마거릿이 있고,

그중 삼류인 쌤의 아류로 다시 닉과 쳇과 밥, 맨슨이 있는데…
그중 이류인 맨슨의 아류가 다시 셋, 존 메이슨은 그 셋 중에서
삼류로 분류된다고 말이야. 사촌은 그의 유일한 아류가 되길 원
했었지. 비록 죽었지만.

　그래서 책은 구한 거야? 구했지. 형의 책들은 지금 내 소유가
되었지만… 아무튼 책의 제목은 <방사능 낙지>였어. 방사능…
낙지라고? 형의 번역이 옳다면. 어쨌거나 거기엔 한 부부가 나
와. 소설은 외출을 준비하는 패튼과 그를 걱정하는 아내 돌로리
스의 내면에서 출발하지. 조심하세요. 걱정 마. 푸, 푸 헬멧 속에
서 밭은 숨을 뱉으며 패튼이 손을 흔들었어. 돌로리스는 여전히
근심어린 얼굴로 소매의 이음새랄까, 또 찢어지기 쉬운 어깨선
같은 곳을 눈여겨보았지. 기잉. 굳게 닫혀 있던 철문이 열렸어.
방진복(防塵服)을 입고 문밖의 어둠속으로 사라지는 패튼을 보
며 돌로리스는 깊은 한숨을 쉬었지. 그 순간 벙커에 처음 발을
들여놓던 칠년 전의 그믐밤이 떠올랐어. 잠결에 어마어마한 굉
음을 들은 것과, 남편의 등에 업혀 이곳으로 대피한 게 그녀가
가진 기억의 전부였지. 하얗게 질린 얼굴로 패튼이 소리쳤어. 결
국… 끝장나버렸어. 모든 게 다… 끝장이야. 그리고 패튼은 그
녀의 육중한 몸을 끌어안았어. 남편은 울고 있었지. 들썩이는 남
편의 품에 얼굴을 묻은 채, 그녀도 어렴풋이 세상의 변화를 짐작
할 수 있었어. 우리가… 당한 건가요? 당했어. 아니, 우리가 먼

저 발사했을 수도… 아무튼 지금은 살아 있는 걸 감사히 여겨야 해. 어둠속에서 두 사람은 기도를 시작했어. 그리고 벙커 생활이 시작되었지. 두 사람의 생존은 패튼의 벙커가 있어 가능한 일이었어. 퇴역군인인 그는 늘 3차대전의 가능성을 주장해왔고, 주위 시선에 아랑곳없이 사설 벙커를 마련해왔던 거야. 한적한 네바다에서 3차대전을 대비한 인간은 그야말로 패튼뿐이었지.

돌로리스의 만류도 소용없었어. 패튼은 식량을 비축했고, 암반 속의 지하수를 끌어와 생존을 위한 만반의 준비를 했던 거야. 수많은 조롱과 비난이 따랐지만 결국 패튼의 신념이 옳았던 거지. 세계 같은 건… 이미 끝장난 느낌이야. 두 달에 한번꼴로 패튼은 바깥세상을 둘러보고 돌아왔어. 방사능으로 가득한 세계의 변화를 관찰하고, 더러 마켓을 뒤져 남아 있는 통조림을 수거해오기도 했지. 아무래도 살아남은 건 우리뿐인 것 같아. 흔적도 없이 사라진 시청과, 오염된 시체들이 산을 이룬 메디컬쎈터, 텅 빈 잿빛의 도로와 폐허… 방사능의 세계에서 돌아온 패튼은 언제나 그런 얘기들을 들려주었지. 여보, 하늘은 어때요? 정말이지… 하늘이 보고 싶어요. 그런 건 보이지도 않아. 재와 낙진과 어둠뿐이야. 그리고 패튼은 성경을 낭독해주었어. 돌로리스는 특히 노아의 방주 이야기를 좋아했지. 노아가 날려보낸 새가 드디어 잎사귀를 물고 오는 대목, 저는 그 구절이 너무너무 좋아요. 하지만 여기선 새를 날릴 수도, 새가 돌아올 수도 없겠죠?

아니, 날릴 새조차도… 기다려야지, 희망은 전파와 식물뿐이야. 누군가 살아 있다면 어떤 식으로든 반드시 전파를 보내올 거야. 또 한 포기의 풀이라도 싹을 틔운다면, 언젠가 우리는 하늘을 볼 수 있겠지. 주께서 한번 더 우리에게 기회를 주실까요? 그건 알 수 없지. 아무튼 우린 심판받은 거야. 미국도 소련도, 모두가 심판받은 거지. 어리석은 인간들, 결국 자멸의 길을 선택하다니. 여보, 당신을 탓하던 절 용서해주세요. 용서는 무슨, 도대체 누가 누구를 용서하고 탓할 수 있단 말이오. 인간은 모두 죄인일 뿐인데. 그리고 부부는 서로의 손을 잡고 기도를 올렸어. 깊은 절망 속에서도 두 사람은 끝까지 희망을 잃지 않았던 거야.

휴우, 지하에서 올라온 패튼은 방진복부터 벗어던졌어. 무지 덥구만. 부엌의 냉장고에서 콜라를 꺼내 마신 그는 라디오를 틀어 날짜를 확인했지. 1976년 7월 4일이었어. 7월 4일이라… 목과 어깨를 가볍게 돌려준 후, 그는 산뜻한 캐주얼을 꺼내 입었어. 그리고 웨건의 시동을 걸었지. 화창한, 구름 한점 없는 하늘이었어. 우선 웨스턴뱅크에 들러 연금을 수령한 후, 그는 업타운으로 차를 몰았어. 이백주년 독립기념일을 경축하는 축포가 벌써부터 하얀 연기의 궤적을 하늘 가득 수놓고 있었지. 패튼은 친구 모리스가 운영하는 바를 찾았어. 이거야 원, 누구였더라? 팻? 패티? 패씬저? 모리스의 농담에 손사래를 쳐준 후 패튼은 바의 코너에 자리를 잡았지. 곧 가득 따른 맥주잔을 들고서 모리스가 건너왔어. 어때 재미는 짭짤했나? 말 마, 휴스턴에선 파리만 날렸다네. 두 달 내내? 두 달 내내. 업타운의 친구들에게 패튼은 출장이 잦은 엔진 쎄일즈맨으로 알려져 있었어. 게다가 칠년 전 도망간 마누라라든가, 아무튼 여러 문제로 모두의 동정을 사는 인물이었지. 그것참, 점점 쎄일즈도 사양길인가? 혀를 차며 모리스가 말했어. 그렇진 않아… 내 능력이 부족한 거지, 아직도 이 나라는 크고 작은 엔진에 의해 굴러가고 있다네. 그리고 두 사람은 창밖을 바라보았어. 길고 긴 가장행렬이, 이백년을 흘러온 강물처럼 바의 창밖을 출렁이며 지나갔지. 저건 뭐야? 패튼의 눈길이 바 근처의 공터로 옮겨갔어. 그곳에선 한무리의 젊은 이들이 춤을 추고 있었지. 이 동네 애들이 아니잖아. 여행객들인가? 뭐, 축제란 게 어수선한 거니까. 흑인이 다섯이나 있잖아. 게다가 저 꼬락서니 좀 보게나. 젊은 애들이 그렇지 뭐. 아무리 그래도 저건… 지금 저게 춤인가? 저건, 하고 모리스가 말했어.

디스코야.

세상 말세로군. 이마를 감싸쥐며 패튼이 중얼거렸어. 이봐, 너무 예민하게 받아들이지 말라구. 누가 뭐래도 지금은 1976년이니까. 이보게… 내 말은 왜 통제를 안하냐 이 말이야. 사회와 국가가… 저런 애들은 통제를 해줘야지… 완벽한 통제 말일세… 통제… 이봐, 그런 소린 군대에서나 해야지, 지금 세상이… 얼마나… 그러다 문득, 모리스가 당나귀처럼 눈을 껌벅였어. 그건 그렇고… 그런데 자네 지난번에 위스콘신에 간다고 하지 않았나? 어… 그래? 휴스턴이 아니고? 아니, 분명 위스콘신이라 들었는걸. 잠시 침묵이 흘렀어. 창밖에선 또 한바탕 축포가 터지기 시작했지. 빤히 모리스를 바라보던 패튼이 입을 연 건 그때였어. 아무데면 또 어떤가, 안 그래?

무슨 생각해요? 패튼의 대머리를 어루만지며 메리언이 물었어. 어… 그냥. 위스콘신에서 딴 여자가 생긴 거 아냐? 아, 위스콘신… 그렇지 위스콘신. 솔직히 말해봐요, 내 몸매가 어떤지? 손으로 가슴과 히프를 번갈아 받쳐주며 메리언이 되물었어. 당신은 지금이 피크야, 물도 처녀 때보다 훨씬 많고… 정말? 하는 표정으로 메리언은 거울 속의 자신을 체크했어. 큰애가 고등학생이 되었는데 인생의 피크라… 슬프지도 기쁘지도 않은 얼굴로 메리언은 옷을 입기 시작했어. 여전히 팔베개를 한 채 패튼은 불꽃놀이를 감상하기 시작했지. 가봐야겠어. 반쯤 탄 담배를 재떨이에 비비며 메리언이 속삭였어. 좋을 대로… 콜록, 순간 담배 연기가 패튼의 코를 심하게 자극했어. 이거야 원, 이봐… 담배 좀 제발 끊으라구. 패튼이 언성을 높이자 메리언은 눈을 흘기며 방을 나가버렸어. 하여간에… 통제가 안돼, 통제가… 창문을 활짝 열며 패튼은 한숨을 쉬었어. 피곤한 하루였지. 오후엔 캐롤을, 밤엔 메리언을… 어떻게… 그렇게 돼버렸네. 스스로에게 다

짐하듯 패튼이 중얼거렸어. 비토와 모리스의 얼굴이 떠올랐지만 어쩔 수 없는 일이었지. 친구들의 아내와 은밀히 즐겨온 건 이미 십년도 더 된 일이었어. 자주는 아니었지만 그가 위스콘신에서 돌아오거나, 아무렴 휴스턴에서 돌아올 때면 어김없이 그녀들이 찾아올 정도였지. 모텔을 나온 그는 자신의 웨건에 몸을 실었어. 연이은 축포로 밤길은 어둡지 않았고, 집의 창고엔 칠년 전에 사재기한 통조림들이 아직도 산더미처럼 쌓여 있었지. 즉 아무런 사고도, 문제도 없는 평온한 밤이었어. 그렇게 이십분쯤 달렸던 거야. 잠깐 졸기도 하며, 축포소리에 졸음을 깨기도 하며 패튼은 계속 운전을 했지. 변두리의 길은 캄캄했어.

웬 차지? 울타리 끝에 세워진 낯선 포드를 보고 패튼은 긴장했어. 헤드라이트를 켠 채로 그는 조심스레 차에서 내려섰지. 포드의 문이 열렸어. 어둠속이라 얼굴을 볼 순 없었지만 다가서는 목소리에 긴장을 풀 수 있었지. 지금 오는 건가 친구? 그는 모리스였어. 모리스? 여기까지 웬일인가? 아 좀 물어볼 게 있어서 말이지⋯ 연락도 안되고 해서 집 앞에서 기다린 거네. 그렇군, 아무튼 들어가세. 뭐, 그럴 것 까지는 없고⋯ 금방이면 돼. 모리스의 왼손에서 순간 차갑고 묵직한 금속음이 들렸어. 소리의 정체를, 패튼은 누구보다 잘 알고 있었지. 무슨 짓인가 자네? 무슨 짓인지 잘 알 텐데⋯ 모리스의 손이, 아니 총구가 패튼의 가슴을 향해 정확히 겨눠졌어. 그게 너일 줄은⋯ 망할⋯ 말해봐⋯ 왜,

왜 하필 메리언이었지? 모리스는 울고 있었어. 아아, 두 손으로 얼굴을 감싼 채 패튼은 무너지듯 주저앉았어. 끝없는 한숨만이 두 사람 사이에 거센 격랑으로 출렁이고 있었지. 곧 패튼의 눈에서도 뜨거운 눈물이 쏟아지기 시작했어. 아아, 미안하네… 내가 뭐라고… 그게 진심으로… 닥쳐. 모리스가 소리쳤어. 다른 건 필요없고 이유를 말해, 그게 듣고 싶을 뿐이야. 그, 그게… 패튼은 이미 온몸을 떨고 있었어. 눈물과 콧물과 침이 뒤섞인 보기 드문 액체를 꿀꺽꿀꺽 삼키며 괴롭게 말을 이어나갔지. 자네가… 옛날에 유타로 전근을 갔으니까… 뭐? 무슨 소리야? 그게 아니라… 결혼 전부터… 어쩔 수 없었는데… 아무도… 그럴 생각은 아니었지만… 실은 아무도… 통제해주지 않으니까… 이… 제기랄… 울먹이던 패튼이 갑자기 몸을 일으켰어. 그는 씩씩대며 몇 발짝 옆의 우체통을 열어젖혔지. 이런 거… 보라구… 고작 이런 거밖에 통제를 안해주니까… 그리고 쌓여 있던 고지서와 통지서 무더기를 미친 듯이 마당으로 쏟아부었어. 겨우 이런 걸로… 인간이 어떻게 통제가 되겠냐구… 신께선 우릴 버린 거야. 완벽하게… 통제를 안해주잖아, 그 누구도. 타앙. 총성이 울렸어. 피범벅이 된 자신의 가랑이를 잡고 패튼은 뒤집힌 풍뎅이처럼 마당을 뒹굴었지. 히익, 힉… 비명조차 못 지르는 패튼 앞에 모리스가 다가와 섰어. 두 사람의 눈이 마주쳤지. 순간 패튼은 자신의 죽음을 체감할 수 있었어. 체념과 함께, 또 고통의 일부가 사라짐을 알 수 있었지. 자신의 머리를 겨누는 총구를 바라보며 패튼은 다음과 같이 중얼거렸어. 비토와 찰리도 알고 있나? 또 윌리스는? 이… 이 개자식! 모리스의 총이 불을 뿜었어. 의식이 관통되는 짧은 순간, 패튼은 칠 미터 아래의 벙커와 돌로리스를 떠올렸어. 그의 입가에 희미한 웃음이 떠올랐지. 식어가는 그의 육체와 더불어, 그 웃음도 점차 견고한 것으로 변해갔어.

돌로리스는 걱정이 태산 같았어. 사고가 난 게 아닌가, 시계를 볼 때마다 불길한 생각이 자꾸만 드는 것이었지. 포유류의 암컷만이 가진 육감에 의해 그녀는 줄곧 눈물을 쏟고 있었어. 비웃이라도 입고 나가볼까? 그러다 혹 길이 엇갈리면 어쩌지. 아니, 그이는 반드시 돌아올 거야. 이럴 땔수록 믿음을 가져야 해. 그녀는 일을 시작했어. 벙커의 이곳저곳을 청소하고, 자가발전기의 퓨즈를 점검하고, 냉장창고의 귀퉁이에 붙은 서리를 제거하고, 비프캔 하나를 꺼내 돌아왔지. 좋은 상황일 수도 있어. 식물의 싹이라도 발견했거나, 아무튼 그래서 평소보다 더 멀리 나간 걸지도 몰라. 생존자라도 만났을지 또 누가 알아. 돌아올 패튼을 위해 그녀는 수프를 끓이기로 결심했어. 비프의 상태가 좋을 리 없었지. 냉장을 했다 해도 7년이란 세월이 흘렀으니까. 하지만 야채캔의 내용물을 잘 섞는다면 제법 맛이 날 거라 그녀는 생각했어. 코펠을 꺼내 재료를 잘 섞은 후 그녀는 수도를 틀었어. 물은, 그러나 물이, 나오지 않는 거야. 이상하네. 그녀는 몇차례고 밸브를 점검했어. 밸브에서도 수도관에서도 별다른 이상을 찾을 수가 없었지. 구토가 치민 것은 바로 그때였어. 욱, 우욱. 구역질을 하고 난 그녀는 털썩 자리에 주저앉고 말았어. 힘이 하나도 없었지만 문득 그녀의 머리를 스치는 강렬한 느낌이 있었지. 임신이 아닐까? 벙커 생활을 한 후로 생리가 불규칙해지긴 했지만, 확실히 지난 두 달 생리를 걸렀던 게 기억났어. 왈칵 눈물이 치솟았어. 포유류 암컷의 잘 발달된 육감이, 행복과 불안이라는 재료를 섞어 머릿속에서 수프를 끓여대는 느낌이었지. 웃음과 눈물이 동시에 터져나왔어. 믿고, 따르자… 스스로를 설득하며 그녀는 기도를 올렸어. 길고 긴, 간절한 기도였지. 마음에 평안이 찾아오자 그녀는 비로소 행복할 수 있었어. 자신의 뱃속에 파란 식물의 싹 같은 게 움터 있는 기분이었지. 그래, 주께선 인간을 버리지 않으셨어… 벙커의 철벽 어딘가 눈부신 창이 있고, 언뜻 약속의 잎사귀를 물어온 비둘기가 구구 울어대는 모습을 지켜본 듯했어. 여보, 빨리 오세요. 마음으로 그녀는 외치고 또 외쳤어. 쉬, 쉬이… 그때 수도관에서 작은 소음이 들리기 시작했어. 어디가 막힌 건가 했지만 그럴 리는 없다고 그녀는 생각했어. 공업용 수도관이라 직경이 제법 상당한 것이었지. 그러나 소음은 점점 심해졌어. 결국 그녀는 손을 넣어보았지. 물컹. 확실히 어떤 이물질이 꼭지의 목부분을 가득 채우고 있었어. 물렁하고, 물컹한 기분 나쁜 물질이었지. 그녀는 그것을 잡아당겼어. 스르르 뭔가 풀리는 느낌과 함께 왈칵 뭔가가 쏟아졌지. 밸브를 잠그고 개수대를 내려다본 순간 그녀는 너무 놀라 비명을 질렀어. 개수대 위엔 한 마리 낙지가 널브러져 있었던 거야.

낙지가?

낙지가. 구름 한점이 불투명한 마침표처럼 하늘의 저변(低邊)에 찍혀 있었다. 그래서? 그게 끝이야. 메이슨의 소설은 대개 그런 식이지. 그리고 우리는 말이 없었다. 나는 무슨 말을 해야 할지 알 수 없었고, 무리한 듯 모아이는 지쳐 보였다. 휙, 모아이를 따라 나도 라켓을 돌려보았다. 빠르게 한바퀴 원을 그린 후 라켓은 정확히 원위치로 돌아왔다. 휙, 휙, 나는 연속해서 라켓을 돌리기 시작했다. 못… 모아이가 다시 입을 열었다. 인류는 말이야… 말하자면 돌로리스와 같다고 나는 생각해. 왜 사는지, 그래서 도무지 알 길이 없는 거라구. 라켓을 돌리는 일에 의외로 나는 심취해 있었다.

역시 우리 학교였구나.

뜻밖의 목소리에 우리는 화들짝 뒤를 돌아보았다. 또래의, 그러나 낯선 얼굴이었다. 이런 식의 만남을 가져본 적이 없어 나는 그 낯선 인간(그를? 그 친구를? 그 아이를? 그 녀석을?)을 어떻게 칭해야 할지 알 수 없었다. 그…것은… 아무튼 같은 교복을 입고 있었다. 누구… 뭐…지? 내가 물었다. 놀라게 했다면 미안

해. 그럴 뜻은 없었는데 말이야. 난 전교학생회장(全校學生會長)
이야.

모아이와 나는 서로를 바라보았다. 나쁜 기분은 분명 아닌데,
난감했다. 학생회장은 웃고 있었고, 게다가 뺨은 은근히 분홍이
었다. 이유는 알 수 없지만 문득 항문을 들락거린다는 분홍의 국
수를 나는 떠올렸다. 그런, 2%의 인간이다. 탁구를 쳐서 생긴 탁
구공만한 자신감이, 그래서 순간 휘발하는 느낌이었다. 나는 땅
을, 아마도 모아이는 하늘을 보고 있었을까?

탁구부니? 학생회장은 우리를 탁구부로 여기는 듯했다. 여긴
참 묘하구나. 탁구대가 있는 것도 그렇고. 이 캐비닛은 뭐지, 혹
시 학교 거니? 말없이 나는 고개를 가로저었다. 음, 아무튼… 시
도(市道)대항 예선이 다음달이지? 나는 다시 고개를 가로저었
다. 그럴 리가, 가장 큰 행사로 알고 있는데. 우린 탁구부 아냐.
모아이가 얘기했다. 나는

가만히 있었다

탁구부가 아니라고? 갸우뚱한 표정으로 학생회장이 중얼거렸
다. 은근했던 뺨의 분홍이 미묘하게 짙어졌다. 탁구부도 아닌데
왜 탁구를 치는 거지? 게다가 이런 곳에서. 우리는

가만히 있었다

　아무튼, 하고 학생회장이 중얼거렸다. 특이하네, 보통 학교를 마치면 학원이나 집으로 가는 게 정상인데… 어차피 운동을 할 거면 정식으로 탁구부원이 되는 게 낫지 않을까? 내 생각은 그런데 어때? 하고 물었다. 우리는 가만히 있었다. 가만히 있는데, 또 물었다. 여긴 자주 오니? 고개를 끄덕인 후 나는 가만히 있었다. 음, 뭔가 사정이라도 있나보지. 학생회장이 중얼거렸다. 그제서야 나는

미안해

라고 속삭였다. 아니, 그런 뜻은 아니었어. 따로 탁구를 치는 게 뭐 어때서. 뺨의 분홍에 채도를 더하며 학생회장이 활짝 웃었다. 말하자면, 친절한 인간 같았다. 사람은 원래 자기도 모르게 행동할 때가 있잖아, 누구라도 말이야. 나도 산책을 하다 그만 여기까지 와버렸지 뭐야. 조금 생각할 일들이 있었는데… 하긴 뭐, 워낙 쉽게 집중하는 타입이라. 고민이라도… 있니? 땅을 보며 내가 물었다. 개인적인 건 아니고 어디까지나 전교학생회장으로서의 고민이야. 그런 게… 어떤 건데? 하늘이라도 쳐다보며, 모아이가 물었다. 글쎄, 어떨지… 실은 올해 일학년에 말이야, 파

충류의 뇌(腦)를 가진 아이가 들어왔어. 파충류의 뇌? 개교 이래 처음 있는 일이지. 게다가 지난봄 신체검사 결과가 나왔는데 또 다른 일학년 하나가 조류의 뇌를 가진 걸로 밝혀졌고… 이래저래, 그래서 고민이 많아. 교장 선생님과 나는.

나는 낙지가 불쌍해

학생회장이 나를 바라보았다. 그게 무슨 말이야? 그게 아니라, 낙지는 그냥 있었을 뿐인데… 비명을 지르고 말이야. 눈물이 핑 돌았다. 이런 얘길 하려 한 게 아니었다. 잠깐… 왜 갑자기 낙지지? 난 지금 파충류와 조류를 얘기한 건데. 낙지는 두족류(頭足類)지 파충류가 아니야, 조류는 더더욱 아니고… 아니 낙지는 양서류야. 뻘에서도 수족관에서도 사니까. 수족관? 그런 게 기준이 될 리… 아니, 그게 아니라 왜 갑자기 낙지 얘기를.

왜냐하면―모아이까지 끼여들어 상황은 점점 걷잡을 수 없어 졌다. 왜냐하면, 이 세계를 손에 쥔 게 노인(老人)들이기 때문이 야. 학생회장은 잠시 어라, 하는 표정을 짓더니 그런 얘긴… 이 상하잖아. 게다가 세계의 주인은 시민(市民)이야. 시민단체가, 또 시민대표가 대부분의 사안을 결정해가고 있어. 이를테면 나 역시도 시민대표의 한 사람이라 할 수 있지. 노인이라면 오히려 사회의 배려가 필요한 계층 아닐까? 산재한 노인문제를 생각해도 그렇고… 그런 얘기가 아냐. 내가 지적하고 싶은 건 세상의 돈을 노인들이 다 가지고 있다는 거야. 결국 세 명의 노인이 세계를 쥐고 있다는 얘기 몰라?

너희들 참 이상하구나.

조금 놀랐다는 얼굴로 학생회장이 한숨을 쉬었다. 그럼 이건 뭐지? 주머니를 부스럭거린 후 학생회장이 꺼낸 것은 팔천이백원이었다. 돈은… 누구나 갖고 있잖아, 게다가 헤게모니라든지 그런 얘기도 아니고… 갑자기 낙지라니, 또 세 명의 노인은 뭐야… 분홍의 뺨을 섬세히 움직이며 학생회장은 영 슬프고 쓸쓸하다는 표정을 지었다. 난 말이야… 기본적으로 토론이 되어야 한다고 생각해. 의견을 제대로 낼 수 없다면 서로 곤란한 게 아닐까? 시민사회야말로 토론을 토대로 발전해온 건데. 정말 점점 힘들다는 생각이 드네. 일학년들을 생각해도 그렇고… 너희들도 그렇고. 다들 조금씩 도와주면 좋으련만.

미안하다고, 나는 다시 말했다. 아니 괜찮아. 그래도 파충류나 조류의 뇌를 가진 것보단 나으니까. 그나저나 어때, 같이 분식집에라도 갈까? 팔천이백원이면 그럭저럭 먹을 수 있을거야. 친절한 얘기였지만, 우리는 가만히 있었다. 그래… 하고 학생회장이 쓸쓸한 미소를 지었다. 아무튼 반가웠어, 아무튼… 우린 같은 학교니까… 다음 학기에도 잘 부탁할게. 이번 학기도 대체로 잘 끌고 왔다고 생각하지만, 큰 사고도 없었고 말이야. 대체로 큰 사고도 없었구나,라고 생각하며 나는 가만히 있었다. 다음에 만날 땐 너희들의 의견도 좀 일러주기 바래. 어떤 사정인진 모르겠지만, 아무튼 세계는―전체적으로 대화를 하는 쪽으로 나아가고 있어. 비록 점진적(漸進的)이긴 해도 언젠가 그 사실을 니들도 알게 될걸. 전체적으로? 전체적으로. 다수가? 물론 다수가. 그럼 다들… 잘하고 있다는 얘기잖아,라고 생각하며 우리는 가만히 있었다. 반가웠어, 그럼 또 만나자. 학생회장이 발길을 돌렸다.

결국 벌판엔 그래서 모아이와 나만이 남게 되었다. 라켓과 물품을 정리하고, 우리는 한동안 소파에 몸을 묻었다. 다들… 잘하고 있는 걸까? 내가 물었다. 토론… 말이야? 토론… 같은 거. 토론으로 이기지 못할걸. 누구를? 인류가, 인류를.

그래도… 다들 잘하면 좋겠어.
그럴 리가.
그럴까?
인간은 서로에게 방사능이야.
신은 어디 있을까?
위스콘신에도 휴스턴에도 신은 없어.
나는 낙지가 너무 불쌍해.

하늘은 맑잖아.

　문득, 한획으로, 비둘기 같은 것이 창공을 가로질렀다. 주상복합단지를 향해 유성처럼 사라지는 새의 동선(動線)을 바라보며, 나는 새의 부리가 잎사귀를 물었을까 물지 않았을까를 생각했다. 나란히 그 획을 바라보며 모아이가 얘기했다. 스푼을 구부릴 때 어떤 생각을 하는지 알아? 몰라. 하나 둘 셋 넷, 그리고 지잉 하는 거야. 의외로 점진적인 것이었구나. 아무튼 그래… 참, 이런 얘긴 해주는 게 좋겠지? 어떤 얘기?

　다음달에 핼리가 지구를 찾아와.

　그건 확실히, 점진적인 게 아니란 생각이 나로서도 드는 것이었다.

부인을, 빌려도 될까?

　　　　　백만원을 어떻게 마련할까.라고, 노트 위에 또 박또박 적어보았다. 두 시간 후에는 역시나 백만원을 어떻게 마련할까를 매점에서 사먹은 우유팩 위에 눌러적었다. 같은 문장을, 한 시간 후 화장실 칸막이의 좌측 모서리에 깨알처럼 적어보았다. 노트와 칸막이에는 필기가 쉬웠고, 우유팩엔 좀처럼 글씨가 씌어지지 않았다. 그리고 맞았다. 모으는 중이라고 얘기했지만 그건 내 사정일 뿐이다. 어금니가 조금 흔들거렸다. 백만원 백만원 백만원 하고 다시 노트 위에 백 번을 적어보았다. 아무, 생각도 떠오르지 않았다. 요란한 매미소리가 작은 돌멩이처럼 날아와 툭툭, 아픈 어금니의 밑동에 부딪히고는 했다.

　　백만원을 어떻게 마련할까. 매미처럼 백만원 백만원 백만원

하고 하루종일 운다면, 백만원이 생길까? 점심시간 내내 점심을 거른 채 생각했다. 운동장의 끝까지 걸어가보기도, 안녕 하고 풍뎅이에게 말을 걸어보기도, 했다. 그런데 백만원을 어떻게 마련할까, 세 차례나 화장실을 드나들었다. 배가 아팠다. 휴지가 필요없을 정도의 설사였다. 열흘 뒤다. 열흘만 더 시간을 주겠다고 했지만, 막막했다. 백만원을 어떻게 마련할까. 풍뎅이가 지켜보는 앞에서 나는 모아이에게 문자를 보냈다. 우리집에서 가져가. 그런 이상한 문자가 곧이어 폰을 울렸다. 모아이였다. 운동장의 끝은 하얗다,라고 할 정도로 눈이 부셨다. 풍뎅이를 뒤집어놓고, 나는 교실로 돌아왔다.

모아이의 집은 시의 외곽에 있었다. 정말 멀었다. 시의 지도를 같은 크기의 세계지도와 겹친다면 북극, 정도와 일치할 것 같았다. 흔들리는 버스 안에서 아무튼 나는 복잡한 기분이었다. 저기… 이래도 될까? 나… 밥은 절대 먹지 않을게… 그런데 돈도 말이야… 미안. 이봐 못, 하고 모아이가 말했다. 넌 저혈압이니? 응, 저혈압. 그리고 모아이는 창밖을 응시할 뿐이었다. 넌? 하고 내가 물었다. 난 고혈압. 나란히, 그래서 우리는 창밖을 바라보았다. 비에 젖은 탁구대처럼 들판은 짙고 푸르렀다.

버스는 우회전 우회전 우회전한 후에 우리를 내려놓았다. 산길이었다. 집은 없고, 잿빛의 높은 담만이 길게 백여 미터를 이어져 있었다. 여기야. 담의 끝자락에 돌출된 커다란 철문 앞에서 모아이가 얘기했다. 아아, 하고는 어떤 말도 할 수 없을 정도의 스케일이었다. 치수가 이 사실을 알았다면 삼백이 아니라 삼천을 요구하지 않았을까? 와아 하고 매미들이 울어댔다. 하늘의 저변이 그 소리에 경직되었다.

돌이 깔린 정원을 지나 목재의 테이블과 파라솔이 있는 곳으로 모아이는 나를 안내했다. 뭐 마실래? 테이블 뒤의 처마 밑에는 자판기가 놓여 있었다. 가정집에 설치된 자판기를 본 것은 처음이었다. 그래선지, 어딘가 모르게 벌판의 캐비닛과 닮은 느낌이었다. 스프라이트와 데미소다, 다이어트 콜라가 있어. 포카리 스웨트는 없니? 품절. 그럼 스프라이트. 퉁 퉁, 두 개의 스프라이트를 뽑은 모아이가 테이블로 돌아왔다. 와아 하고 다시 매미들이 울부짖었다. 탄산수는 수백 마리 매미의 울음이 용해된 듯 강하고, 쏘는 맛이었다.

대개는 말이야, 부엌 같은 곳에서… 그러니까 냉장고에서 꺼내 먹지 않나? 그게, 난 자판기에서 꺼낸 음료가 아니면 마시지 않아. 절대? 절대. 자판기 매니아나 뭐 그런 거니? 아니, 그런 건 아니고. 그럼 물은? 저기 생수도 있어, 맨 왼쪽 보이지? 진열된, 맨 왼쪽의 작은 생수통을 바라보며 나는 스프라이트를 마셨다. 바람이 지나갔다. 고요한 모아이의 집이 그래서 텅 빈 동굴처럼 느껴졌다. 혼자 사니? 대답 대신 모아이는 고개를 가로저었다. 지금은 아무도 안 계시나보네. 모아이가 또다시 고개를 가로저었다. 그럼 뭐야? 할아버지가 있어. 할아버지라, 마치 쎄인트 버나드를 기른다니까─와도 같은 희귀한 느낌이었지만 나는 내색하지 않았다. 갑자기 기후가 미지근하고 끈적해지는 느낌이었다. 늙은 개의 오줌 같아진 스프라이트를 나는 테이블 위에 내려놓았다.

노인은 이층에 있었다. 쎄인트 버나드처럼 무거운 공기 속에서 치와와를 닮은 몰골로 누워 있었다. 어둑한 조명 때문에 의식이 있는지 없는지조차 분간이 되지 않았다. 시체라고 생각하면 돼, 이 상태로 칠년째니까. 와아 하고 창밖의 숲이 또다시 경련을 일으켰다. 여러개의 주삿바늘이, 연결된 호스들이, 링거 속의 주사액이, 그 수면(水面)이, 파르르 음파의 영향으로 떨리는 느낌이었다. 할아버지, 나야. 모아이가 소리쳤다. 파르르 칠년째 시들어온 속눈썹, 혹은 누런 잔디 같은 것이 눈의 언저리에서 묘하게 꿈틀거렸다. 돈이 필요해서 말야… 좀 가져갈게. 노인의 손가락인지 무언지가 아무튼 까닥, 했다. 누런 잔디 위를 마구 밟고 지나는 느낌으로 우리는 노인의 방을 가로질렀다. 꺼뭇한 방의 모퉁이에선 중국에서 왔다는 간병인 여자가 자고 있었다.

방을 거쳐 가파른 계단을 오르자 작고 음습한 다락이 나왔다.

여기서 기다려, 하고 들어간 모아이가 나온 것은 오분 정도가 지
난 후였다. 삼백, 그리고 백, 맞지? 모아이의 손에는 돈이 들려
있었다. 와아, 잠잠한 숲속으로 들어가 칠년을 매미의 유충으로
살아도 좋겠다는 생각이 그 순간 들었다. 이래도 되는 걸까 역시
나 생각했지만, 나는 말없이 돈을 건네받았다. 의외로 좋은 기분
이었다. 백만원을 손에 쥐면 백만원어치의 유전자가 업그레이드
되는 게 아닐까. 인간이란, 의외로 그런 게 아닐까, 뒤척이는 중
국인 여자의 숨소리를 들으며 우리는 계단을 내려왔다.

좋겠다

라고 나는 생각했다. 모아이의 방은 건물 옥상 중앙에 설치된 첨
탑과 같은 곳에 있었다. 들어가지 않으려 했는데, 들어오라고 했
다. 밥도 먹고 가, 라고도 했다. 이상하게 눈물이 났다. 방엔 수십
권의 책과, 책상과, 스케이트보드와, 대형 천체망원경이 있었다.
그것이 전부라고 할 만한 방이었지만, 그것이 전부라고 할 수 없
을 만큼이나 놀라운 전경이 펼쳐져 있었다. 돔형의 천정과 벽,
모두가 투명했기 때문이었다. 유리니? 비슷한 거야. 좋겠다, 라
고 나는 다시 한번 생각했다. 이건 죽은 사촌형의 유물이야. 발
로 스케이트보드를 툭 밀며 모아이가 얘기했다. 그리고 여기, 존
메이슨 전집이야. 툭, 하고 그중 한 권을 뽑은 모아이가 책을 내
밀었다. <방사능 낙지>란 타이틀이 아무튼 영어로 적힌 낡은 하

드커버였다. 낙지가 그려진 표지 곳곳에 핏자국이 남아 있었다. 책은, 그래서 따뜻한 느낌이었다.

별… 정말 보이니? 토성까지는, 그런데 지금은 힘들어. 렌즈에 좀 문제가 생겼거든. 놀랍다, 방에서 별을 보다니… 별 자체를 보는 건 아니야. 딥스카이를 보는 거지. 딥스카이? 딥스카이. 그게 뭐지,라고 묻자 난감한 얼굴로 한참을 머뭇거렸다. 하여튼… 우주는 깊어. 나는 더이상 묻지 않았다. 저녁을 먹으러 우리는 일층으로 내려갔다. 일층에는 광활한 부엌이 있었고, 조명이 켜진 유일한 귀퉁이에 보란 듯이 컵라면 자판기가 설치되어 있었다. 시켜먹어도 되는데…라고 모아이가 중얼거렸다. 아니야,라고 나도 중얼거렸다.

가족들은? 라면을 먹다보니 괜한 질문이 나왔다. 여기 안 살아. 후루룩 나는 말없이 라면을 먹었다. 라면이라서… 미안해. 국물을 마시며 모아이가 괜한 사과를 했다. 늘 이렇게 먹니? 난… 자판기에서 뽑은 게 아니면 안 먹어. 웅… 웅. 광활한 등 뒤의 어둠속에서 린치를 당한 인간처럼 자판기가 울부짖었다. 할아버지가 저렇게 된 게… 아버지가 준 물을 마셨기 때문이거든. 용기를 들어 나도 국물을 마시기 시작했다. 스티로폼의 용기 곳곳에 순간 핏자국이 번져 있는 듯했다. 국물은, 그래서 더 따뜻한 느낌이었다.

다시 파라솔로 나온 우리는 음료수를 뽑아 마셨다. 허물을 벗
는 유충의 눈빛처럼, 투명하고 희미하게 가로등이 지펴지고 있
었다. 잿빛의 긴 담을 따라 사설로 설치된 가로등이었다. 너네…
정말 잘산다. 그런 말이, 그래서 절로 나왔다. 증조부가… 세계
를 쥔 세 명의 노인 중 한 명을 만나본 유일한 한국인이었대. 데
미소다의 캔을 따며 모아이가 말했다. 대단하구나. 글쎄, 대단한
일일까? 희미한 가등만큼, 더 뚜렷한 은하수가 하늘의 저변을
도금(鍍金)하고 있었다. 아름답다면

아름답다고도 할 수 있는 저녁이었다. 난 이해가 안 가 모아
이… 나라면… 치수 같은 건 돈으로 사거나… 아니면 경호를 받
거나… 그럴 텐데 말이야. 모아이는 고개를 숙였다. 어디선가 개
구리 한 마리가 크게 울었다. 존 메이슨의 소설을 읽지 않았다
면… 아마도… 이를테면 그런 건 낡은 방식이 아닐까 싶어. 난
그저 내 방식으로 살아가고 있는 거야. 그래서 핼리를 기다리는
거고… 별이다! 모아이의 말을 끊으며 내가 소리쳤다. 한순간 캄
캄해진 하늘에서 갑자기 한꺼번에 별들이 나타났다. 그런, 느낌
이었다. 휙 하고 탁구공 같은 게 지나갈 때도 있어. 모아이가 얘
기했다. 탁구공이라, 한참을 말없이 우리는 하늘을 쳐다보았다.
서너 마리의 개구리가 한꺼번에 울기 시작했다.

야왼(野外)데도 모기가 없지?

그러네. 아황산가스 때문이야. 한국이나 일본은 가스를 너무 많이 배출해, 중국은 말할 것도 없고. 정말 큰일이야. 어쩌겠어… 저렇게 많이들 살고 있는데. 저 멀리서, 도심의 불빛이 꺼져가는 모닥불처럼 어른, 어른거렸다. 마흔한개의, 육백삼십육개의, 천구백삼십사개의, 오만구천이백사개의, 육십억개의, 모닥불. 한 종(種)의 인광(燐光)과도 같은 그 불빛을 바라보며 나는 마치 북극에 선 기분이었다.

디디티가 검출된 에스키모와 펭귄 이야기 아니? 디디티? 뭐, 아황산가스와 비슷한 거라 여기면 돼. 그러니까 미국의 클리어랜드란 곳에 모기를 없애려 뿌린 디디티가 생체농축과 먹이연쇄를 통해 극지까지 갔던 거야. 대단하지 않냐? 대단한데. 즉 에스키모처럼 동떨어진 인간에게도 인류의 결과가 집약될 수 있다는 거야. 너도, 그리고 나도 실은 그래서 인류의 모든 걸 지녔다고 말할 수 있지. 디디티를 살포하던 인간이 그 결과를 알았을까? 에스키모는, 자신이 지닌 결과의 원인을 알 수 있을까? 즉 인간이란 누구나 인류의 원인이자 결과란 얘기지. 그리고 서로를 모르는 거야. 말이 돼?

행복할 수 있을까?

뭐가? 인류는… 그러니까 그 결과라는 너나 나는… 돈을 주고 나면 이제 행복할 수 있을까… 안심해도 될까… 그래서 그럭저럭이라도 졸업을 하고… 살고… 겨우 어떻게라도 어디든 대학 같은 델 가고… 눈에 띄지도 않겠지만… 열심히 하고… 해서 면허 같은 걸 따고… 취직을 한다든가… 무난한 옷을 입고… 무난한 취미를 가지고… 절대 남의 비위를 거스르지 않고… 바람직한 얼굴로 살아가고… 혹시 결혼도 할 수 있을까… 그렇게 유전자를 보존하고… 가족을 위해 열심히 살아가면… 행복할까? 물론 그것도 평균 이상으로 운이 좋을 때의 얘기겠지만… 그렇게 살 수 있을까… 그렇게… 살아도 될까… 행복할까?

아닐, 거라 생각해.

치수도… 치수도 이제 사라졌잖아.

사라지는 건 없어. 존 메이슨도 그렇게 말했지.

나에겐 돈도, 존 메이슨도 없어.

누구라도… 결국 인간을 기다리는 건 매수(買收)야.

매수라니?

돈을 가진 노인들이지. 할아버지가 그랬고, 아버지도… 모두를 매수해나갈 뿐이야. 이 세계는 매수된 인간들로 가득 차 있어. 그들에게 매수된 인간들이 또 매수를 하고, 그 인간들이 다시 매수를 일삼는 거야. 심지어 이젠 노인들조차 자신이 도대체 누구까지 매수한 건지 파악을 할 수 없는 거지. 그건 클리어랜드의 디디티맨과 같은 거야. 그래서 그들은 입버릇처럼 얘길 하지.

뭘?

<내가 누군지 아느냐?> 이 말 들어본 적 있니?

없어.

그래서 널 믿는 거야. 넌 자판기에서 뺀 음료수와 같은 느낌이거든.

너의 할아버지도 그런 말을 했니?

저렇게 되기 전까진 쭉, 그런데 마지막 순간엔 전혀 다른 말을 했어.

어떤 말?

<그런데 넌 누구냐?>라고

극해(極海)를 바라보는 에스키모처럼 모아이는 찌푸린 눈으로 허공을 응시했다. 기분이 복잡했다. 나는 일어나 배가 아픈 펭귄처럼 파라솔의 주변을 서성거렸다. 못, 하고 못을 박듯 모아이가 얘기했다. 제발 부탁인데… 나와 계속 탁구를 쳐줘. 그런 게… 뭐가 어렵냐고 나는 못으로서 중얼거렸다. 걱정 마, 나도 탁구가 좋아… 탁구를 계속 치는 건 하나도 안 어려워. 그런데—매수—에 관해서라면, 글쎄… 실은 나 아까 돈 받을 때 말야… 이를테면—매수—되는 느낌이었어. 미안해 모아이, 하지만 탁구를 치는 건 좋아. 또 부자 친구가 있다는 것도 좋은 일이고. 저기…

그런 건 매수가 아니야. 전혀 그런 게 아니었잖아. 물론 돈이라곤 해도 겨우 에스키모에게서 검출된 디디티… 아니, 그건 펭귄 정도야… 펭귄. 생각해봐, 펭귄에게 무슨 죄가 있겠냐구. 그런데 모아이, 세상엔 매수되는 게 오히려 다행인 인간들이 얼마든지 있어. 이를테면

나 같은 인간이지

펭귄도 실은 누군가 매수만 해준다면, 당장 알래스카를 떠날 마음의 준비가 돼 있는지도 몰라. 알겠니? 대부분의 인간들은—매수—를 안해줘서 억울하고 불만이 생기는 거란 말야. 나만 해도 만약에 네가—매수—만 해준다면 평생 탁구를 칠 마음의 준비가 되어 있어… 어느정도는… 말이야. 어느정도는?

어느, 정도는

그리고 침묵이 흘렀다. 중국인 여자가 잠을 깼는지 이층의 끝 방에도 어느새 은은한 조명이 번져 있었다. 나는 순간 모아이의 돈을 돌려줘야 한다는 생각이 들었다. 이유는 알 수 없고, 단지 그 순간 칠년을 유충으로 살다가 막 허물을 벗고 나온 심정이 들어서였다. 부스럭, 나는 봉투를 내밀었다. 모아이는 그것을 바라보더니 못, 에스키모와 펭귄은 이런 식으로 지내지 않아—라는

뜻밖의 말을 건네왔다. 말없이, 그래서 나도 하늘을 올려다보았다. 그렇게 은하수를 보고 있자니, 어디선가 에스키모는 펭귄에게 자신의 부인을 빌려준다는 얘기 같은 걸 들은 듯도 했다. 나는 다시 봉투를 집어넣었다.

너무 늦은 건 아니니? 괜찮아. 순환버스가 오는 정거장까지 모아이는 나를 배웅해주었다. 극해를 건너오기라도 하는 것처럼 아무리 기다려도 버스는 오지 않았다. 정말이지 에스키모와 펭귄처럼, 그래서 우리는 한참을 그 자리에 서 있었다. 이윽고 쇄빙(碎氷)의 소음과 함께 한무리의 아황산가스가 어둠의 바다를 건너오고 있었다. 잘 가, 버스가 도착한 것은 모아이가 잘 가란 인사를 하고 나서도 한참이나 시간이 지난 후였다. 때문에 우물쭈물, 나는 잘 있으란 인사를 해야 할 타이밍을 놓쳐버렸다. 어느정도, 그래서 손을 흔드는 모아이에게 나는 미안한 심정이었다. 버스는 막차였다.

우두둑 운전수는 목을 한바퀴 꺾어돌리더니, 그래도 졸리는지 라디오의 볼륨을 높여놓았다. 나는 열리지 않는 차창 너머로 어둠과, 숲과, 멀리 빛나는 시가지의 불빛을 바라보았다. 그것은 천천히 흘러가고 있었다. 버스의 진행에 따른 착시였지만, 그래서 그 순간 네온과 아황산가스와 일산화탄소와-매수-와-매수-와-매수-와-매수-로 뭉쳐진 답이 없는 혜성처럼 느껴졌다.

나는 밤하늘을 올려다보았다. 아마도 핼리는 보다 거대하고 신성한 모습이겠지. 다수인 척 뭉쳐진 저 가스덩어리와는 확연히 다른 그 무엇이겠지, 나는 상상을 거듭했다. 다음달에 핼리가 온다면,

핼리가 온다면

다음달엔 어떤 일들이 있을까요? 네, 다음달엔 우선 정부가 공시한 새 통일안의 공식 발표가 있을 예정이구요, 또 경제부처와 경제인단체 사이의 긴밀한 협조와 연결을 전담할 핫라인 부서가 창설될 전망입니다. 물론 미국 증시의 부양책 발표도 우리에겐 큰 이슈가 될 것 같구요, 그간 논의 단계에 머물러 있던 아시아 연합의 발족이 어쩌면 다음달 정상회담을 통해 서서히 가시화될 것 같습니다. 그렇군요, 수고하셨습니다. 네 수고하셨습니다.

이상한 일이었다. 뉴스는 끝까지 핼리에 관해선 어떤 언급도 하지 않았다. 모아이의 말이 사실이면… 그런 설(說)이 있을 정도면… 게다가 한달이라면… 지금쯤 대책이나 그런 걸 마련하고 홍보해야 하는 게 아닌가—생각이 들었지만 어쩔 수 없는 일이었다. 요란한 광고가 시작되었다. 우두둑, 다시 한번 목을 젖힌 기사가 말없이 라디오의 버튼을 꺼버렸다. 이내 버스 속은 기사의 하품소리를 들을 수 있을 만큼 적막한 곳이 되어버렸다. 하루

이틀의 일이 아닌 듯, 기사의 졸음운전은 꽤 틀이 잡혀 있었다.

우두둑, 그런 느낌의 코너링이 몇번이고 계속되었다. 나는 두려워져, 하지만 어필 같은 대단한 일은 아무나 하는 게 아닌데, 아무나, 버스엔 지금 아무도 없고, 그래서 더 불안했으므로―나는 가만히 있었다. 가만히 있다가, 애써 밤하늘을 쳐다보다가, 우두둑해서, 그래서 가만히 있다가, 나는 가만히 영작(英作) 같은 걸 해보다가, 그만 가만히

저기요, 아저씨

라고 말해버렸다. 작은 목소리였는데도 기사가 왜?라며 반응을 보였다. 와이드한 곡면의 룸미러 속에서 기사의 두 눈이 나를 쳐다보았다. 가만히, 어쩔 수 없어져버려, 나는 죄인처럼 일어나 기사석의 뒷자리로 자리를 옮겼다. 마땅한 말이 떠오르지 않았지만, 마땅한 어떤 말을 큰 소리로 외치는 것보다는 그편이 한결 나을 것 같아서였다. 그러니까

핼리가

뭐? 크게 말해봐. 혹시 핼리혜성이 온다는 뉴스는 없었나요? 핼리, 혜성이라고? 예. 기사는 아무 말도 하지 않았다. 그편이 나

로서도 좋았는데 우두둑, 다시 기사가 목을 한번 크게 돌렸다. 갑자기 핼리라니, 정말 놀랐네. 뭐… 그래, 어쨌거나 핼리가 오려면 아직 오륙십년은 더 있어야 할걸. 난데없이 왜 그런 걸 묻는 거냐? 친구가, 친구가 다음달에 핼리가 온다고 해서… 친구가? 예, 친구가. 그거 혹시

핼리를 기다리는 사람들의 모임, 뭐 그런 거 아니냐? 순간 디디타라도 삼킨 듯 머릿속이 하얘졌지만, 나는 가만히 네, 아, 네 네,라고 대답했다. 그렇지. 기사는 그럼 그렇지,라는 표정으로 운전석의 보조창을 열더니 담배를 꺼내 피워물었다. 아직도 여전하구나. 여전히… 난리들을 치고 말이야. 난리를 치며, 은회색의 담배연기가 혜성의 긴 꼬리처럼 보조창을 빠져나갔다. 혹시 관심이라도 있는 거냐? 가만히, 나는 고개를 가로저었다. 연속으로 다시 몇줄기의 연기가 창문 크기의 우주를 향해 빠져나갔다.

나도 한 오년 거길 쫓아다닌 적이 있단다. 꽤 오래전 일이야. 나도 안해본 게 없는 사람인데 말야… 그때는 특히나 그랬고… 경마란 게 있는데… 아냐? 다음에… 돈이란 걸 좀 만져보면 말이다… 지금 내가… 그래서, 어제 잠을… 뭐 동료라는 인간들 중에도 말이다… 세상살이가 그런 거다, 아무튼… 직장동료 마누라를 따먹는 놈이 어딨냔 말이다… 그런데 와서 벨을 누르니까, 응? 아는 얼굴이고… 응? 그래서 열어줬는데… 응? 나는 요

새 그런 것들이… 큰 문제라고 생각한단다. 그래도 아저씨는 참 았어요… 응? 나도 종교를 가진 사람이고… 그건 뭐… 다들 알 지만, 그래서… 나도 그 모임을 부지런히, 응? 그래서 컴퓨터도 배우고 말이야, 아저씨가… 그런데 위가 아프면 말이다, 그것 자 체가… 배가 고파도 식사 자체가… 좋아지려나 해도, 또 그게… 또 내일도 운전을 해야 한다는 거다, 응? 이래도 또… 지난번에 뭐 비번인가… 그걸 바꿔가지고, 나 참… 아무튼 얘야.

혜성 같은 건 오지 않는단다.

그냥 계속… 이렇게 사는 거란다. 알겠니? 나는 아무 대답도 하지 않았다. 기사가 다시 목을 우두둑, 했다. 그래도 넌 운이 좋 은 편이야. 내 기억엔 칠십사년인가, 아무튼 그런 주기로 오는데 그럼 한번의 기회는 있다는 거 아니냐. 내 경우엔 그런 운조차 없었다 이 말씀이다, 알겠니? 나 참… 주기를 피해서 태어난 거 예요, 이 아저씨는… 그러니 응? 그걸 알고도 모임을 나가면 또 바보 소리 듣는 거고… 응? 알겠니? 헬리가 올 때까지 말이야… 살아 있을 자신이 없어요, 아저씨는. 기사가 다시 목을 돌렸다. 이제는 더이상 소리가 나지 않았다. 왠지 가혹하다는 생각이, 나 는 들었다. 밤하늘은

그냥 계속… 그렇게 살아도 좋을 만큼이나 광활하고 웅장했

다. 서늘한 창에 이마를 맞대고서 나는 빨리 고등학생이 되고 싶
다는 생각을 했다. 빨리 중년이 되고 노인이 되고 싶다고 생각했
다. 아니 빨리 헬리가 와주기를 바랐다. 다행할수록, 삶은 얼마
나 가혹한 것인가. 그래서 짧게, 나는 가혹해지고 싶었다. 많은
별들을 보고 또 봐왔겠지. 수세기나 우주를 떠돈 헬리라면, 과연
지구를 객관적인 잣대로 심사할 수도 있는 거겠지. 이제 더이상
자라지 않는 손톱을 가만히, 나는 물어뜯었다. 가만히

핸드폰이 울렸다. 모아이였다. 폴더를 열자 모아이의 메씨지
가 은회색의 화면 속에 유빙(流氷)처럼 떠 있었다―못, 지금 찾
아보니까 펭귄은 남극에서만 산대―문득 모아이가, 그래서 북극
의 인간처럼 멀게만 느껴졌다. 실은 정반대의 극에서 살고 있었
구나, 손톱을 물어뜯으며 나는 모아이가 그립거나, 누군지 모르
겠거나, 그랬다. 천천히 버스가 톨게이트를 통과하고 있었다. 졸
음이 쏟아졌다. 나는 빨리 집으로 가거나, 다시 북극으로 돌아
가―아무튼 에스키모의 부인 같은 것에 머리를 묻고서 깊이 잠
들고 싶었다.

1738345792629921:
1738345792629920

　　야, 못. 치수의 전화를 받은 것은 다음날이었다. 얼마나 급히 폴더를 열었던지, 통화를 끝내고 보니 폴더를 지지하는 연결부위에 쩍 하고 금이 가 있었다. 탁구를 칠까 했던 토요일 오후가 그래서 탕 탕, 못 박히고 말았다. 내 사정은 대충 알지? 대충은 안다고, 나는 철저하게 대답했다. 치수는 시 동쪽의 공원으로 호출 장소를 일러주었고, 갖가지 자질구레한 명령들을 부탁조로 얘기했다. 적어봐. 나는 치수가 불러주는 물품의 목록을 빠짐없이 메모했다. 모아이도 같이 갈까? 모아이? 글쎄… 아니 혼자 와. 참 한 가질 빠트렸는데 약국에 들러 푸레파레숀 H란 걸 사와. 넉넉하게 세 박스 정도? 그래, 뭐 그 정도.

　　푸래파래숀 H라고?

푸레파레숀 H.

　쇼핑몰을 돌고 나니 숨이 찼다. 세 시간이나 전에 도착했지만, 처음 와본 매장이라 헤매고, 또 긴장한 탓이 컸다. 저기… 출구가 어디죠? 점원이 가리킨 방향에는 분명 <출구>라는 표지판이 선명하게 붙어 있었다. 왜 못 봤을까. 마흔한명 정도의, 즉 로비를 거치면서 육백삼십육명 정도의 인파에 둘러싸여 나는 생각했다. 나는 꼭, 이를테면 저런 <출구> 같은 걸 보지 못한다. 그런 경우가 즐비하다, 허다하다, 아니 늘, 그렇다. 왜 그럴까?

　일곱 개의 쇼핑백이 무겁긴 했지만 마음은 편안했다. 한 시간이나 시간이 남았으니까, 또 공원이 코앞이니까. 광장으로 연결된 아케이드의 알루미늄 벤치에서 나는 애플주스를 마셨다. 치솟는 분수의 물줄기 너머로 드문드문 공원의 일부가 엿보였다. 토요일 오후였다. 월요일이나 목요일과는 전혀 다른 표정의 숲과 나무가, 수많은 인파를 위해 근무하는 자세로 존재하고 있었다. 이제 푸래파… 그것만 사면 된다. 나는 다시 한번 메모지를 확인했다. 푸래파레숀 H, 약국, 세 박스,란 글씨가 치수를 위해 근무하는 자세로 적혀 있었다.

　주스가게의 점원에게 물어 나는 쉽게 약국을 찾았다. 약사는 영지버섯 같은 피부를 가진 오십줄의 남자였다. 치질이 심하니?

어디… 보자… 그건 없다, 대신 다른 걸 주마. 안경알을 닦으며
약사가 얘기했다. 잠깐만요. 나는 숨을 들이켜고 가만히, 그리고
천천히, 이곳에 다른 약국은 없나요?라고 물어보았다. 없어. 약
사가 얘기했다. 그럼 가장 가까운 데는요? 몰라. 깊은 산속에서
영지버섯에게 길을 물어도 그보다는 친절한 대답을 들을 것 같
았다. 나는 다시 주스가게로 돌아갔다. 점원은 웃으며 고개를 가
로저었다.

너도 똑같아

택시를 타고, 아니 택시를 타기 전에 코인 로커에 쇼핑백들을
넣고, 아니, 그 전에는 동전을 바꿔야 했고, 그래서 택시 승강장
에 줄을 섰는데 이미 시간이 삼십분이나 지나 있었다. 왜 우는
거냐? 놀란 표정의 기사에게 나는 약국을 가야 한다고 말했다.
병원엘 가는 게 좋지 않겠니? 아니 병원 말고 약국이요. 약국과
병원이 나란히 있는 곳에 기사는 나를 내려주었다. 아저씨, 약만
사서 나올 텐데 잠시만 기다려주실래요? 고개를 한번 갸웃하더
니 기사는 그대로 차를 몰았다.

다 똑같아

다 똑같은 천구백삼십사명 정도의 인파 속으로 돌아온 것은

약속시간을 오분이나 넘겨서였다. 끙끙 일곱 개의 쇼핑백을 들고 달려가는데 자꾸만 다리가 후들거렸다. 핸드폰이 한번, 울리다 끊어졌는데 치수라는 생각이 들었다. 자꾸만 눈물이 났다. 전화를 걸까 하다가 그대로, 전속력으로, 달렸다. 동상(銅像)이 있는 언덕까지는 완만하지만 긴 거리의 오르막이었다. 구토가 일었다. 전속력이 되지 못하는 전속력으로, 그러나 나는 달렸다. 숨이, 그래서 차라리 숨이 끊어지면 좋겠다고 생각했다. 다수인 척, 색색의 아이스크림을 손에 든 인간들이 다 똑같이 느리게 걷고 있었다.

치수는 담배를 피우고 있었다. 처음 보는 여자애 하나가 그 곁에서 역시 슬림을 물고 있었다. 야, 못! 치수가 부르지 않았으면 그곳을 지나쳤을 정도로 치수는 달라져 있었다. 머리를 바짝 깎고 모자를 깊게 눌러썼다. 미안해, 말을 꺼내려 노력했는데 도무지 말이 나오지 않았다. 너… 뛰어온 거냐? 도리어 치수가 말을 꺼냈다. 나는 대답도 하지 않았고, 고개를 끄덕이지도 않았다. 십오분이나 늦었다. 허리를 숙인 채 나는 날아올 발이나 주먹을 대비하고 있었다. 온다 온다 온다 독백을 하는데 다가온 것은 전혀 뜻밖의 경쾌한 목소리였다. 이 더위에 뛰는 놈이 어딨냐, 늦을 수도 있지. 자 땀이나 닦아. 치수가 내미는 수건을, 그러나 나는 받았다. 그리고 열심히 땀을 닦았지만, 실은 눈물을 닦은 것이었다. 뜨겁고 감사하기도 했지만, 무엇보다 서러운 눈물이 땀인 척 솟구쳤다.

애는 달이랜다, 달. 오빠 친구니까 인사해. 달이란 아이가 고개를 까닥했다. 달은 핫팬츠를 입었는데 다리가 심하게 휜 체형이었다. 나도 고개를 까닥하자 치수가 달의 엉덩이를 세차게 꼬집었다. 십분만 놀다 와라, 친구랑 할 얘기가 있으니. 달은 아프잖아 씨, 하고 화를 내더니 하나도 안 귀여운 메롱을 하고 인파 속으로 사라졌다. 치수가 담배를 다 피울 때까지 나는 말없이 치수의 눈치를 살폈다. 달의 뒷면처럼 어둡고 알 수 없는 표정이었다.

학교엔 별일 없냐? 으,응. 그리고 나는 쇼핑백을 열어 물건들을 확인시켰다. 됐어, 맞겠지 뭐. 그나저나 수고했다. 고맙다고는 하지 않아도 거의 그 수준의 표현이었다. 나는 귀를 의심했지만, 과연 치수는 어딘가 모르게 달라진 느낌이었다. 달에 착륙한 우주인처럼 한순간 진공의, 중력이 다른 미지의 세계에 발을 딛고 선 기분이었다.

정말 내가 죽인 거 아니다.

무중력 속에서 치수가 중얼거렸다. 마리 그년이 자기가 뛰어내린 거야, 미친년… 월면의 어딘가에서 나도 몸이 붕 뜨는 기분이었다. 뭔가 묻고 싶기도 했지만 나는 아무 말도 할 수 없었다. 이것도 사왔네. 푸래파…를 집어들며 치수가 웃었다. 꽤 줬을 텐데… 여기 상어 간유(肝油)란 게 들어 있댄다, 상어 간유가… 아, 하고 나도 놀랐다는 듯 고개를 끄덕였다. 저절로, 자동으로, 나도 놀란 건 아니지만, 그랬다. 못… 나 지금 이래저래 곤란한 입장이다. 학교에 짭새들은 자주 오냐? 그런 것 같다고 나는 대답했다. 이런 말 하면 정말 이상하겠지만… 지금 내가 제일 믿을 수 있는 놈이 너야… 왜, 웃기냐? 아, 아니. 웃어도 돼, 내가 생각해도 정말 웃기니까. 아무튼 나… 어디로 멀리 갈 생각이다. 어디로? 아차, 실수라는 생각이 들기도 전에 그건 알 것 없고…라며 치수가 말을 이었다. 예전의 치수라면 벌써 명치에 어퍼가 꽂히고 나는 바닥을 뒹굴었겠지. 확실히, 예전의 치수라면 말이다. 혹시 내가 이쪽 사정을 살필 일이 생기면 너한테 좀 부탁해도 되겠지? 그러니까

앞으로… 말이다.

물론, 이라고밖에는 대답할 수가 없었다. 그리고 아주 잠깐, 공원의 숲 전역이 와아 하고 반짝이는 느낌이었다. 뒤척이는 나뭇잎들의 카드쎅션이 세계의 채도(彩度)를 조절해 나의 앞길을 축복해주었다. 고개를 들면―쌍발의 무스탕이, 헬로키티가, 빈티지 에반겔리온 초호기가, 에펠탑이, 호나우두가, 야성의 엘자가,

감은사지 삼층석탑이, 엘리자베스 2세가 하늘을 날고 있을 것 같았다. 모두들

눈물이 나왔는데, 어느정도 그냥 울어버렸다. 야야, 왜 그래? 치수가 면박을 주었지만 그 야야, 왜 그래를 가지고도 세 곡 이상의 발라드를 만들 수 있을 것 같았다. 야, 못… 그러니까 따를 당하는 거야 이 바보야, 널 처음 봤을 때 어떤 느낌이었는지 아냐? 아, 아니. 말하자면 저건… 무슨 이미테이션이 아닌가, 그런 느낌이었어. 이미테이션? 그러니까 진짜 너는 어딘가 다른 곳에 살고, 눈앞의 이건 짝퉁이다… 뭐 그런 느낌이지. 예를 들어 어쩌다 동전이 여러개 생겨 심심풀이로 뒤집어보다가… 그런 거 있잖아, 믿기지 않을 만큼 오랜 1977 같은 숫자가 찍힌 거… 그런가 하면 정말 눈부신 바로 올해의 연도가 찍힌 것도 있다는 얘기야, 그런데 너는 봐도 아무 느낌이 없는 연도, 말하자면 2003이라든지… 모르겠다, 뭐 그렇다는 얘기야. 아무튼 내 얘기는 앞으로는 좀 존재감있게 살라는 얘기다, 알겠냐? 예, 아, 으응. 예는 뭐고 응은 또 뭐냐, 그건 그렇고… 어쨌거나 못! 그리고 치수는 새 담배를 꺼내물었다. 순간 달의 뒷면이라 여겨도 좋을 만큼 주위가 고요해졌다.

그동안 미안했다.

　알파벳의 가장 긴 단어가 무엇이었더라? 나는 생각했다. 기네스북에도 오른 단어가 있는데, 또 산소통을 지지 않고 에베레스트에 오른 최초의 인물이 누구였더라, 게다가 인류가 도달한 심해의 최저 수심은 과연 몇미터인가, 라이트 형제는 몇번의 실패 끝에 시험비행에 성공했으며, 가장 지름이 긴 꽃의 이름은 무엇인가, 역사상 열대우림지역의 최대 강수량은 얼마였으며, 사하라는 과연 언제 어느 때 바다의 밑바닥이었나, 를 나는 생각했다. 그리고 그런 생각과는 아무 상관 없이 나는 펑펑 눈물을 쏟았다.

　고마워

　그래서 이상하게 고맙다는 말이 나왔다. 알파벳의 가장 긴 단어보다도 복잡한 구조의 <고마워>였다. 야, 자꾸 왜 그래. 치수가 등을 토닥여줬다. 한참을, 뒤척이는 숲의 나뭇잎처럼 치수의 손이 그렇게 어깨와 등을 어루만져주었다. 왜 그랬을까, 왜 나는 차마 부끄럽기조차 했던 걸까. 참 이거, 나는 돈을 꺼내 치수에게 내밀었다. 이게 뭐냐? 가져…오라고 한 거. 뭐지? 하는 표정으로 치수가 봉투 속을 살펴보았다. 가져오라고 시켰다던데? 치수는 잠깐 생각에 잠기더니 그래, 하여튼 뭐 고맙게 쓸게,라며 봉투를 집어넣었다. 아 증말 짜증이야, 그때 달이 돌아왔다. 달

은 만사가 귀찮은 얼굴로 주저앉더니 슬림을 꺼내물었다. 왜 그
래? 치수는 달에게 귓속말 같은 걸 한참 속삭이더니 그래? 뭐 뭐
어쩌구 속삭이듯 대화를 나누었다. 나는 그만 돌아가고도 싶었
지만, 글쎄 어떨지, 어느정도 가만히 — 땅에 번지는 녹음(綠陰)의
물결을 바라보며 서 있었다, 서 있다가, 여전히 속삭이는 치수의
목소리에 어느정도 용기를 얻을 수 있었다. 저기

그만 가볼게

치수는 잠깐 멍한 표정으로 나를 보더니, 이내 쾌활하게 대답
했다. 그래 뭐, 아무튼 수고 많았다. 그래 잘 가. 등을 돌리자 길
고 긴 내리막길이, 토요일의 숲과 나무가, 오만구천이백사명 정
도의 인파가, 저 멀리 공원의 정문이 하나의 장면으로 눈에 들어
왔다. 한발 한발, 나는 발을 내딛었다. 못처럼 박혀 있던 발이,
그 못이, 발을 뽑을 때마다 조금씩 짧아지는 기분이었다. 숨이
찼다. 그리고 어느 순간 몸이 붕 뜬다고 느끼는 순간이었다.

야, 못!

치수의 목소리가 들렸다. 몸이 절로, 나사처럼 한바퀴를 돌아
치수의 앞으로 굴러갔다. 갑자기 숨이 찼다. 치수는 장난기어린
표정으로 또 달에게 뭐라고 속삭였다. 꺄르르 달이 허리를 접으

며 재밌겠다 속삭였다. 못, 얘가 지금 몹시 우울하댄다. 그래서
마지막으로 말이야… 좀 재밌는 걸 보여줘봐, 응? 말과 동시에
치수가 푸래파래손 H의 박스 하나를 뜯기 시작했다. 가지런한,
은박지에 싸인 원통형의 약들이 두 눈 가득 들어왔다. 어, 떤,
것, 을, 고, 를, 까, 요, 장난을 치더니 그중 하나를 집어들었다.

자, 먹어.

치수가 약을 내밀었다. 먹으라니까… 몸에 좋은 캔디 같은 거
야. 약을 받아든 손에 약의 분량에 달하는 땀이 순식간에 고이는
느낌이었다. 풋 풋, 달의 입에서 수증기 같은 웃음이 새나오기
시작했다. 어, 안 먹네? 치수의 얼굴이 미묘하게 싸늘해졌다. 손
을 떨며 나는 약의 은박을 벗겨냈다. 먹을 수 있는 느낌이면 먹
는 게 좋겠다…고 생각했지만 그것은 뭐랄까, 끈적하고 거북한
느낌의 덩어리였다. 자 먹는다, 실시. 어떻게 된 건지 알 수 없지
만, 그 말을 듣는 순간 나는 꿀꺽 약을 삼켰다. 꺄악, 달이 비명
을 질렀다. 이건 무효! 치수가 소리쳤다. 씹어서 먹어야지 이 친
구야. 치수가 또다시 하나를 내밀었다. 이를테면 망설이며 알파
벳의 가장 긴 단어는 무엇이었나, 그런 생각을 하는데 치수의 왼
발이 미묘하게 꿈틀했다. 발차기보다 빠르게, 그래서 나는 약을
씹기 시작했다. 끅 끅, 달은 아예 쓰러져 경련 같은 걸 일으키기
시작했다. 어느정도 나는 아무렇지 않았지만, 달의 반응을 보았

을 때 뭔가 엄청난 공연을 했다는 느낌이었다. 재밌었냐? 치수의 물음에도 쿳쿳쿳 달은 대답조차 하지 못했다. 됐어, 이제 가도 돼. 치수가 웃으며 얘기했다.

Pneumonoultramicroscopicsilicovolcanoconiosis란 단어가 있다. 보면 알겠지만 세상에서 가장 긴 영어단어다. 이것을 외울 수 있는 사람은 극히 드물다. 그런데 나는… 외운다. 비결은 무엇일까. 바보들은 저걸 생으로 외우려 발버둥치겠지만 실은 저 정도의 긴 단어는 대개 여러 단어의 조합인 경우가 많다는 것이다. 예를 들어 <Pneumono>를 찾아보면 폐, 허파란 걸 알 수 있고, <ultra>는 초월, <microscopic>은 보이지 않을 정도로 아주 작다는, 또 <silico>는 규소, <volcano>는 화산이라는 뜻이고, 그래서 저 단어의 뜻은

그래서, 어떻다는 거냐고?

영어를 잘한다는 얘기는 아니다. 물론 내가, 영어라고 잘할 리 없다. 말하자면 내가 외우는 무척 긴 단어가 있다는 것이다. 하지만 이런 건 어떨까? 에베레스트를 최초로 무산소 등정한 인물은 라인홀트 메스너다. 이런 전문분야의 지식을 가진 중학생은 극히 드물다. 그는 이 등반을 통해 철인(鐵人)이라는 명성을 얻었고, 그후 지구 위의 팔천 미터가 넘는 봉우리 열네 개를 모두

정복하는 신화를 남겼다. 이 얼마나 어마어마한 업적이란 말인가.

때려쳐

그래도 심해탐사와 라이트 형제에 몰입하며 나는 겨우 언덕을 내려왔다, 올 수 있었다. 날씨가 더웠으므로, 무엇보다 그런 생각을 하는 건-즉 사색(思索)은 좋은 거니까, 그래서 어느정도 구구 걸어다니는 비둘기떼를 쫓기도 하다가, 즉 공원의 비둘기들은 운동부족에 걸리기 쉬우니까-그래서 도와주다가, 그 일에 몰입하다가, 더는 구토를 참을 수 없었다. 아직 보고 있는 건 아닐까, 아케이드의 화장실에 뛰어들어 나는 쓰러지듯 변기의 뚜껑을 열었다. 웩, 구토가 시작되었다. 그것은 물과 기름이 뒤섞인 매우 뒤숭숭한 것이었고, 길고 끈적한 것이었다. 물을 내렸다, 다시 구토가 나왔다. 또 물을 내렸다, 다시 구토가 시작되었다. 나는 손톱을 물어뜯었다. 라인홀트 메스너, 라인홀트 메스너, 라인,홀트 메스너…

어, 너구나. 세수를 하는데 누군가 말을 걸었다. 돌아보니 주스가게의 점원이었다. 약국은 찾았니? 소변을 보면서도 여전히 미소를 짓고 있었다. 예. 목이 따끔거려 나는 그렇게만 대꾸했다. 그래, 어디 있던? 나는 아무 말도 하지 않았다. 이상한 침묵이 화장실 안을 감돌았다. 물소리가 들렸다. 그래서 약은 먹었니? 점원이 다시 물었다. 목이 따가웠지만 정말이지 약을 먹었으므로 나는 예,라고 답하지 않을 수 없었다. 고개를 끄덕인 점원이 휘파람 비슷한 걸 건성으로 불기 시작했다. 또다시 구토가 치밀었다.

이상하게도

그리고 나는 벌판을 찾았다. 버스 속에선 계속 잠이 왔고, 라켓도 공도 가지고 있지 않았지만─그 순간 무작정 벌판이 보고 싶었다. 북극처럼 느껴지는 먼 길이었다. 나는 이동했고, 나는 내렸으며, 나는 걸었고, 나는 보았다. 마치 이 세계에 변함없이 <탁구>가 존재하듯 벌판은 그곳에 자리하고 있었다. 아무도 없었고, 아무것도 묻지 않았고, 아무런 관심도 보이지 않았다. 어떤 위안이, 그래서 느껴졌다. 졸음이 밀려왔다. 소파에 몸을 파묻고 나는 몸을 웅크렸다. 빌려도 되겠습니까? 에스키모의 부인처럼 소파는 따뜻하고 풍만했다. 이대로 소파의 자궁 속으로 들어가 나는 열 달을 살고 싶었다. 격렬하게, 그 순간 잠의 정충(精蟲)이 나의 세포막을 찢으며 파고들었다.

꿈을 꿨다. 은빛의 땅이 주위에 펼쳐져 있었다. 눈이 부셨다. 일어나 주위를 살폈지만 그곳이 어딘지 도무지 알 수 없었다. 북극이 아닐까도 생각했지만 전혀 춥지가 않았다. 아니, 오히려 그곳은 따뜻했다. 그리고 하늘이 있었다. 하지만 그것을 하늘이라 불러도 될지는 얼른 판단이 서지 않았다. 우선 하늘이라 하기엔 그 높이가 너무 낮았다. 서 있기만 해도 대기권 같은 것이 이마에 걸렸다. 이마 위의 두개부(頭蓋部)가 그래서 서늘했다. 설마 하고 뒤꿈치를 들어보니 그야말로 우주였다. 묘하고 불안했다. 하지만 태양이 보였으므로 나는 그나마 안심할 수 있었다. 멀진 않구나, 나는 잠깐 우주를 감상한 후 하늘 아래로 내려왔다. 엉거주춤 몸을 숙여, 그래서 별의 표면을 걷는 일이 몹시도 불편하게 느껴졌다. 옅은 대기 때문에 우선 지표가 뜨거웠고, 산소가 부족한지 호흡이 가빴다. 어느정도 동공이 안정되자 별의 지면이 실은 흰색이란 사실을 알 수 있었다. 그리고 별은, 놀랍게도 비어 있었다. 통통, 노크하듯 지면을 두드리자 가볍고도 경쾌한 울림이 대기 전체를 뒤흔들었다. 꼭 쎌룰로이드 같네, 하고 고개를 드는 순간 먼발치에 찍힌 <信和社>란 마크가 두 눈 가득 들어왔다. 뭐야, 이건. 팔짱을 끼고 나는 생각에 잠겼다. 그것은 탁구공이었다.

눈을 떴다. 세찬 손짓은 아니었지만, 누군가 몸을 흔드는 게 분명하게 느껴졌다. 눈을 뜨니 우선 어마어마한 높이의 하늘이 저물어가는 중이었고, 그리고 또, 세끄라탱의 얼굴이 보였다. 아저씨는? 자신의 입술에 쉿, 손가락을 갖다댄 후 세끄라탱이 얘기했다. 미안하구나, 너무 곤하게 자고 있어 그냥 갈까 했는데

해가 저물어 깨운 거란다. 흥건히 뺨에 묻은─물과 기름이 뒤섞인 침을 닦으며 나는 자세를 고쳐앉았다. 부끄러웠다. 빌려준 부인의 배 위에 정액을 가득 쏟고서, 문득 에스키모 친구와 눈을 마주친 느낌이었다.

죄송해요. 뭐가 말이냐? 그러니까, 저만의 소파가 아니잖아요. 저 침도 너만의 것은 아니란다. 그나저나 언제부터 있었던 거냐? 나는 세끄라탱에게 치수를 제외한 토요일의 공원과 쇼핑과 애플주스에 대한 얘기들을 들려주었다. 혼자 그러고 놀았단 말이냐? 예. 보기완 달리 너 정말 활동적인 아이로구나. 그날 펜홀더를 고른 건 아주 잘한 일이야, 확실히 펜홀더 타입이란 게 있는 거니까. 그럴 의도는 아니었지만 나는 가만히 있었다. 치수만 빼고, 어느정도 사실을 말한 건 말한 거니까. 아저씨는 웬일이세요? 응, 상담을 하러 왔다가 마침 근처고 해서 오랜만에 벌판을 찾은 거란다. 상담이라구요? 그래, 학부모 상담.

올해 쌍둥이를 이 학교에 보냈거든. 그런데 학교에서 전화가 왔지 뭐냐. 아이들 때문에 상담을 좀 하고 싶다고, 그래서 교장을 만났는데 난데없는 소리를 하는 거야. 글쎄 우리 애들이 조류의 뇌를 가지거나 파충류의 뇌를 가졌다지 뭐냐. 그래서 그 문제로 교장과 심한 설전을 벌이고 오는 길이다. 그건 좀… 심란하셨겠어요. 심란하진… 않았단다. 왜냐면 그건 아버지인 내가 새 같기도 하고 쥐 같기도 하기 때문이 아닐까, 그래서 아이들도 자연스럽게… 뭐, 나는 그렇게 결론을 내렸는데—그래서 내 말은 파충류는 아니지 않느냐, 그건 뭔가 검사에 문제가 있다, 교장에게 어필을 한 거란다. 교장은 뭐래요? 교장의 말은 쥐나 파충류나 뭐가 다르냐는 거지, 어차피 인간이 아니라면 말이다.

쥐하고 파충류가… 얼마나 다른데!

그렇게까지… 말할 필요는 없단다, 애야. 그건 펜홀더를 쓰는 사람의 자세가 아니야. 뭔가 부끄러운 기분이 들었지만, 그러나 펜홀더의 유저라는 그 말만은 언제 들어도 기분이 좋을 것 같았다. 그러니까 내가, 펜홀더의 유저이다… 나는 가만히 라켓을 쥐는 시늉을 해보았다. 가상의 라켓이 가상의 공간 속에 실재하는 기분이었다. 견고하면서도 따뜻한 손잡이의 그 느낌을 나는 눈을 감고서 그려보았다. 좋았다, 무엇과도 비할 수 없는 느낌이 순간 뜨겁게 몸속에서 용해되었다. 자세가 많이 좋아졌구나. 어때, 한번 쳐볼까? 세끄라탱이 말했다. 라켓이 없는걸요. 내가 말했다. 바로 지금처럼 하면 된단다, 라켓은 나도 없어. 그리고 손을 들어 세끄라탱이 오케이 싸인을 만들어 보였다. 느껴봐, 그리고 그려보란 말이야. 밤하늘을 배경으로 엄지와 검지가 만든 텅 빈 구멍 속에 그 순간 반투명의 탁구공이 희미하게 엿보였다. 보이니? 보여요. 우리는 탁구를 치기 시작했다.

편하게 오늘은 받는 연습만 한다고 생각하거라. 그게 좋겠지? 고개는 끄덕했지만 대답을 할 수는 없었다. 그 순간 이미 써브가 시작되었기 때문이다. 주위는 캄캄해져 이미 세끄라탱의 얼굴도 어둑한 씰루엣으로밖엔 보이지 않았다. 그러나 공이, 어둠을 넘어오는 그 공의 느낌을 나는 무엇보다 또렷이 볼 수 있었다. 푸래파래숀엔 환각성분이 있는 걸까? 스스로도 납득하기가 곤란했지만―결국 시간이 지나면서, 그래서 오늘은 받는 연습만 한다고 스스로가 생각하게 되었다.

탁구는 무척 오래된 것이란다. 네가 생각하는 것보다도 훨씬 더. 대개는 중세 이딸리아의 루씨끄 뻴라리스라든지, 15세기 프랑스의 라빠움을 탁구의 기원으로 여기지. 하지만 인도에서 돌아온 영국인들은 현대의 탁구, 즉 테이블테니스를 창안한 건 바로 자신들이라 주장했단다. 질세라 남아공의 영국인들도 탁구야말로 자신들이 개발한 경기가 아닐 수 없다 역설했지. 하지만 탁구는 아직 시작조차 안된 것일 수도 있단다. 또 어쩌면―바로 여기, 지금 이 자리에서 시작된 것일 수도 있고.

여기서요?

공이 빠졌구나, 주워와라. 공은 캐비닛에서 일 미터가량 떨어진 작은 풀섶에 떨어져 있었다. 그런, 느낌이었다. 그 느낌을 손으로 집어 나는 세끄라탱에게 던져주었다. 다시 랠리가 시작되었다. 쎌룰로이드로 지금의 탁구공을 만든 건 영국의 제임스 깁이었단다. 지금 생각해도 정말 대단한 일이었지. 깁이 그 공을 만들지 않았으면 <핑퐁>이란 이름도 존재하지 않았을 거다. 실제로 고대엔 고시마, 프림프림, 와프와프와 같은 명칭으로 불리었단다. 그 무렵엔 지금보다 수천배는 더 무거운 공을 사용했었지. 나는 잉카에서 무게가 4kg나 되는 수정구(水晶球)로 경기를 한 적도 있었단다. 그리스에선 대리석을 깎은 32면체의 울퉁불퉁한 공을 쓴 적도 있었지. 드라이브를 받다가 잠시라도 집중력이 떨어지면 어떻게 되는지 아니? 아뇨. 이렇게 된단다. 작지만 깊게, 동작을 멈추고 내민 세끄라탱의 이마에는 달빛으로도 볼 수 있는 삼각형의 흉터가 패어 있었다. 공이 또 빠졌구나.

예전의 탁구는 확실히 지금보다는 위험하고 잔혹한 경기였단다. 나는 18세기의 유럽에서만 도합 512차례의 결투경기를 치렀단다. 중국의 시황제에게 탁구를 가르칠 땐 그만 황제의 시신과 함께 무덤에 합장(合葬)되기도 했지. 지금 기억력이 나빠진 건 그 미로 속에서 무려 삼년을 헤맸기 때문일 거야. 분신처럼 지녔던 셰이크핸드가 없었다면 나는 굴을 팔 수도, 그곳을 탈출할 수도 없었겠지. 라켓이 자신의 생명과 같다고 말한 건 그런 경험을 통해 얻은 나의 교훈이란다. 지난번 샵에서 내가 혹시 <빌리>란 라켓을 보여줬니?

아뇨.

공이 또 빠졌구나. 공은 소파의 쿠션 사이에 박혀 있었다. 공을 주워 나는 다시 랠리를 이어갔다. 그건 펜홀더를 한창 쓰던 서부에서의 일이야. 자신을 빌리 더 키드라 사칭하는 어떤 똘마니와 탁구를 쳤지. 결투나 그런 것도 아니었는데 시합 도중 놈이 총을 뽑았어. 아마 여섯 발의 리볼버를 견뎌낸 라켓은 지구상에서 <빌리>가 유일할 거야. 나는 무척 화가 났지만, 결국 화를 누그려뜨렸지. 놈이 곧 사과를 해왔기 때문이야. 놈이 그러더군. 사실 자기는 빌리도 뭣도 아니라고. 결국 놈에게 나는 합의금 형식으로 25달러와 말 한필을 받아냈지. 말하자면 그런 일들은 숱하게 있었어. 2차대전 땐 독일과 연합군 양측이 서로의 합의하에 함포(艦砲)로 탁구를 친 적도 있었고, 월남전에선 클레이모어로 심판과 상대를 속이는 게 크게 유행하기도 했었지. 히틀러는 고대 인도의 탁구대에 심취해 그만 자신의 영혼을 포기하기도 했고, 쏘유즈호(號)에 오른 쇼닌과 꾸바쏘프는 지구의 주위를 돌며 무중력탁구에 일흔아홉 번이나 자신들의 목숨을 걸었지. 돌이켜보면 탁구는 목숨을 걸거나 뺏는 가혹한 장치였어. 스딸린과 루즈벨트의 시합은 너도 잘 알 테고… 하지만 정말 잔혹한 건 고대의 탁구였지. 그야말로 전쟁의 또다른 명칭이자 어원(語源)

이었으니까.

맞이 갔다

열심히 공을 받으면서도 그런 생각이 들었다. 뮤가 어떻고 아틀란티스가 어떻고 적응과 생존이 어떻고, 세끄라탱은 한참이나 맞이 간 소리를 하더니 이윽고 숨을 몰아쉬었다. 오늘은/ 이 정도로/ 할까? 그리고 휙, 세끄라탱이 공을 던졌다. 기념이다, 이건 네가 가져. 얼떨결에 공을 받은 나는 곧바로 주머니에 그것을 찔러넣었다. 무심히, 달은 밝고 바람은 선선했다. 그래서 무심한데, 기분은 어떠냐? 세끄라탱이 물었다. 좋아요, 내가 대답했다. 무심코 대답은 했지만, 맞이 간 인간들이

너무 많다

너무 많은 것이다. 왜 이렇게 많은 걸까, 어쩌자고 이렇게 갈수록 늘어나는 걸까. 나는 불안했다. 세끄라탱도, 따지고 보면 모아이도, 뭐 치수 같은 변태는 말할 것도 없고, 실은 나 역시도… 바보다, 맞이 간 인간들이다. 알 수 없다, 이렇게 교육을 많이 받는데도 자꾸만 늘어난다. 가만히, 어느정도 멀쩡해 보이다가―이상한 망상을 하고, 불을 지르고, 건물에서 뛰어내리고, 누군가를 찌르고, 한다. 알 수 없다. 나는 지치고 문득 슬펐다. 우물

115

의 바다 같은—즉 위(胃)의 어딘가에 고여 있던 심한 기름냄새
가 다시금 꿈틀하며 역류해왔다. 자신의 몸에 생긴 우물의 바닥
이 느껴질 만큼이나, 나는 목이 말랐다. 얼굴이 좋지 않구나. 세
끄라탱이 말했다. 좋을 리가 없잖아요. 내가 말했다. 왜?

목이… 마르니까요

각목더미 뒤에 세워둔 자신의 차에서 세끄라탱이 생수를 가지
고 돌아왔다. 마셔라. 미지근한 물이었지만 갈증을 달래기엔 충
분한 양이었다. 건조한 달이 습한 구름의 뒤를 쫓아 열심히 이동
하고 있었다. 맛이 갔어요. 전부 다 맛이 갔다구요. 물을 마시자
이상하리만치 마음이 편안해지고, 말이 하고 싶었다. 말이, 이상
하게도 말이, 그래서 나는 아황산가스와, 배출과, 일산화탄소와
그런 것들을, 또 토요일의 공원과 쇼핑과 애플주스를 걸어낸 치
수의 이야기를, 매수를, 디디티를, 다수결을, 마리를, 노인들을,
배제를, 건성을, 슬럼을 피고, 다리가 휘고, 분홍의 국수나 이런
것들을, 푸래파래숀 H를 말하고 싶었으나

말할 수 없었다. 무척 말하고 싶었던 그것들을, 그러나 말로
만들 수가 없었다. 왜 그러니? 세끄라탱이 속삭였다. 나는 무척,
그러나 말 대신에 와락 눈물을 쏟아버렸다. 물냄새를 맡은 달빛
이 와락 그 눈물을 끌어안아 더 부시고 반짝이는 것으로 만들어

놓았다. 괜찮아, 세끄라탱이 팔을 둘러주었다. 털이 많은, 가늘
고 긴 팔이었다. 이 팔의 주인도 어차피 맛이 갔다는 사실이, 그
순간 벌판의 고요 속에서 적잖은 위로가 되었다.

가만히 있지 않고, 나는 울었다. 전력을 다한 말이어서 곧 허
기와 외로움이 쉬이 밀려들었다. 잘… 들었다. 이윽고 세끄라탱
이 낮은 소리로 속삭였다. 애야, 세계는 언제나 듀스포인트란다.
이 세계의 시작부터, 지금까지. 나는 줄곧 그것을 지켜봤단다.
그리고 이루 셀 수 없이 많은 이들에게 탁구를 가르쳤어. 어느
쪽이든 이 지루한 시합의 결과를 이끌기 위해서였지. 하지만 아

직도 결판은 나지 않았단다. 이 세계는

그래서 좋다고도, 나쁘다고도 할 수 없는 곳이야. 누군가 사십
만의 유태인을 학살하면 또 누군가가 멸종위기에 처한 혹등고래
를 보살피는 거야. 누군가는 페놀이 함유된 폐수를 방류하는데,
또 누군가는 일정 헥타르 이상의 자연림을 보존하는 거지. 이를
테면 11:10의 듀스포인트에서 11:11, 그리고 11:12가 되나보다
하는 순간 다시 12:12로 균형을 이뤄버리는 거야. 그건 그야말
로 지루한 관전이었어. 지금 이 세계의 포인트는 어떤 상탠지 아
니? 1738345792629921:1738345792629920, 어김없는 듀스포인
트야.

탁구는 말이다.

원시우주(原始宇宙)의 생성원리란다. 이제 탁구가 남아 있는
곳은 여기밖에 없어. 다른 곳은 모두 <결과>에 따른 또다른 <결
과>를 향해 진행된 지 오래지만, 아직 이곳은… 그래서 인류는
여전히 탁구를 치는 거란다. 결과를 얻지 못한 건 오로지 인류뿐
이니까. 나는 너무 오래 탁구를 쳐오거나 관전해왔어. 이젠 나도
지쳤단다. 내가 누군지, 어디서 왔는지조차 이젠 거의 잊어버렸
어. 기억이 안 나. 아아, 이제 짜증도 나. 게다가 탁구는 점점 안
전한 것으로 변해가고 있어. 세계는 여전히 듀스인데, 점점 탁구

를 치는 인간은 줄어만 가고… 말하자면, 다들 어떻게

용서할 수 있었을까?

나도 이해가 안돼. 그걸 어떻게 용서했을까, 용서를… 게다가 스포츠로서의 탁구라니, 그건 말하자면 듀스인 상태로 끝끝내 남겠다는 건지… 또 우주가 그걸 받아들여줄는지, 나도 이젠 알 수 없어. 이제는 정말… 긴 한숨을 쉬고 난 세끄라탱이 고개를 들어 하늘을 응시했다. 이상하게 그 순간―그가 세끄라탱이 아닌 것처럼 느껴졌다. 어디가 다르다기보다는, 즉 미묘하게 세끄라탱과 다른 얼굴이었다. 이를테면 새 같기도 하고 쥐 같기도 했던 그의 얼굴에서, 새의 어떤 성분이 빠져나간 느낌이었다. 그런데… 사실은 누구신가요? 내가 물었다. 나? 물끄러미, 새의 성분이 쏙 빠진 얼굴로 세끄라탱이 대답했다. 나는

밤말을 듣는 쥐야.

이곳의 중간자, 즉 탁구계(卓球界)의 간섭자지.

쎌러브레이션을
부를 때의 쿨 앤 더 갱처럼

　　방학이 시작되었다. 아침 일찍 굿모닝으로 시작하는 영어학원의 수업을 듣고, 집으로 돌아와 밥을 먹는다. 그런, 생활이다. 학원은 오십년 이상 된 집들이 늘어선 주택가의 초입에 있다. 주민들 대개가 담쟁이 같은 걸 키웠으므로, 길고 긴 담과 벽이 온통 초록의 넝쿨로 덮여 있었다. 오래고 푸른 그 색채가, 나는 좋았다. 길을 걷다보면 이상하리만치 안전하다는 기분이 드는 것이었다. 안심하고 싶어, 안심,해도 좋겠습니까? 오늘 아침엔 표주박을 발견했다. 철제(鐵製)의, 수탉 장식 풍향계가 설치된 녹색지붕의 집이었다. 박(珀)을 본 것은 처음이었다. 가슴과 둔부가 극대화된—연두(軟豆)의 비너스 같은 것이 묘한 느낌으로 매달려 있었다. 찰칵. 표주박을 발견했어. 사진과 문자를 모아이에게 보내는데, 담 너머로 노파 한 사람이 고개를 내밀었다. 노파는 빤히 나를 바라보았고 전적으로 무표정, 했다.
사진 찍지 마세요. 노파가 말했다.

　포도와 나팔꽃을 본 적도 있다. 아무튼 기분 좋게 넝쿨들을 감
상하며, 나는 돌아온다. 초록의 넝쿨에겐 힘이 있다. 어디든 올
라서고, 번창하려는 기운과 의지가 느껴진다. 인생을 그렇게 살
수 있는 방법은 없을까? 자자, 이걸 풀 수 있는 방법은 없을까?
다시 오전엔 5지구의 학원가에서 수학강의를 듣는다. 이곳을 다
니는 일은 그저 그렇다. 그저 그런 인간들이, 그저 그런 목표를
가지고 열심히 필기를 하고 암기를 한다, 하면서도, 중요한 건
창의력이라고 언제나 떠든다, 부르짖는다. 그럼, 이건 또 어떨까
요? 하고

　　$(1+x)\,/\,(6+x)=0.2$

라고 했다. 그래서 그저, 그런 것이다. 근처에서 밥을 먹고 나면
오후다. 오후가, 비로소 시작된다. 나는 버스를 타고 <랠리>가
있는 아크로폴리스로 간다, 그곳에서 내린다. 걷는 거리를 따지
면 한 정거장을 더 가는 게 이득이지만, 그러나 이곳에 내려 편
의점을 들른다. 예의 그, 편의점이다. 이제 사장과는 인사 정도
를 나누는 사이가 되었다. 안녕, 이거나 모아이군은? 정도가 고
작이지만, 간혹 계산을 하며 그날의 날씨 같은 걸 화제삼기도 한

다. 대화 자체는 그저 그렇다. 하지만 속으로—이 사람이, 혹은 이 사람의 부인이…라고 상상하는 것에 묘한 쾌감이 있는 것이다. 어떤 이유가 있겠지만

한번은 사장의 부인이 가게를 보고 있었다. 이 사람이,라는 생각이 어울리지 않을 정도로 소박한 스타일의 중년이었다. 두꺼운 안경과 축 처진 배, 계산을 하면서도 어떤 이유가 있겠지—혼자 상상을 하다가 그만 발기해버렸다. 이유도 없이 강렬하게, 그랬다. 어떤 이유가 있겠지만, 근처 상가의 화장실에 들어가 나는 자위를 했다. 이유도 없이 부인과 사장의 얼굴이 번갈아 떠올랐다. 듀스, 듀스포인트야. 자위를 하며 나는 중얼거렸다. 그리하여

즐거운 오후가 대개 그런 식으로 시작된다. 만나서 함께 가거나 혹은 따로 가거나, 여하튼 <랠리>에서 우리는 모인다. 모아이와 나는 어느정도 세끄라탱을 따랐고, 세끄라탱은 흔쾌히 탁구를 가르쳐주었다. 그놈은 이제 완전히 떨어진 거냐? 치수에 관해서도 세끄라탱은 알고 있었다. 어떤 이상한 능력이 있어서가 아니라, 조금씩 조금씩, 우리가 스스로를 세끄라탱에게 털어놓았기 때문이다. 세끄라탱과는 그래서 확실히 묘한 관계가 되어버렸다. 말하자면 맛이 갔군, 여겼었는데—바로 그날밤 그럭저럭 고개를 끄덕이게 된 것이다. 즉 벌판에서 돌아온 그날밤, 샤워를 하고 욕실을 나설 때였다. 벗어둔 바지가 볼록해서 보니까

탁구공이 들어 있었다. 잠깐 어리둥절하다가 납득을 하긴 했지만-그것은 느낌의 덩어리나 그런 것이 아닌, 확실한 물질(物質)로서의 탁구공이었다. 그리고 공에는

信和社 · SINCE 1908

이란 마크가 찍혀 있었다. 터무니없이 바랜 인쇄였고, 잉크는 물론 공 전체가 삭고 얼룩진 느낌이었다. 어떻게 된 거지?라고 생각하기보다는, 어떤 이유가 있겠지-라고 나는 생각했다. 세끄라탱을 만나서도 공에 대한 이야기는 일절 하지 않았다. 세끄라탱도 마찬가지였다. 대신 우리는 탁구에 열중했다. 스텝과, 스냅과, 공과, 라켓의 움직임이-잠이 드는 순간까지 머릿속에서 떠나지 않았다. 우리의 랠리에도 어느새 점점 속도가 붙기 시작했다. 즐거웠다. 연습이 끝나면 맞은편 식당가의 <아프리카>에서 얘기를 나누었다. 갖가지 생과일주스를 저렴하게 마실 수 있는 곳이었다. 뭘 드시겠습니까? 키위나 블루베리, 혹은 망고를 마시며 우리는 이상한 탁구 얘기에 열을 올렸다. 이 친구는 아닙니다, 모아이는 늘 상가의 자판기에서 델몬트를 뽑아와 주위를 난처하게 했다.

탁구는 전쟁이었어. 세끄라탱은 역사의 명승부와 혹은 전쟁으로 위장한 진짜 탁구의 비사(秘史)를 끊임없이 늘어놓았다. 혹

시 F-82G에 대해 아세요? 내가 물었다. 알다마다, 연합군이 막판에 사용한 공식 경기구(球)의 하나였지. 그리고 시작되는 냉혹하고 이상한 이야기들을, 그러나 우리는 끝까지 경청했다. 어떤 이유가 있겠지, 마치 칠판에 적힌 $(1+x)/(6+x)=0.2$를 바라보는 기분으로, 나는 키위를 마시거나 고개를 끄덕였다. 역사란 건 스코어보드에 지나지 않아, 즉 탁구의 거대한 기록물이지. 언제나 새 같거나 쥐 같은 얼굴로 세끄라탱은 열변을 늘어놓았다. 즉 밤말을 듣는 쥐, 자칭, 탁구계의 간섭자께서는.

분명 달라졌다면

달라졌다 말할 수 있는 방학의 시작이었다. 무엇보다 치수가 그렇게 사라졌으므로, 안짱다리의 달과 함께―어디서 슬림을 빨건 국수를 빼건, 그렇게 사라져주었으므로. 그러나 실은 아무것도 달라지지 않은 방학이었다. 세계는 연둣빛 박을 발견한다 해서, 또 키위와 블루베리를 마신다 해서 달라지는 성격의 것이 아니었다. 말하자면, 그래서 그사이 또다른 일이 있었고―어떤 이유가 있겠지, 나로 하여금 고개를 끄덕이며 세계를 체념케 만드는 것이었다. 세계는 과연 듀스스코어, 좋은 일은 결코 연거푸 일어나지 않는다.

새벽에 호출이 있었다. 치수 패거리의 목소리였는데, 그때는 누군지 알 길이 없었다. 치수에 비하자면 그만큼 존재감이 없는 놈들이라 더욱 그랬다. 오늘까지랬지? 왜 치수가 부탁한 거 있잖아, 응, 그거 가지고 빨랑 튀어와. 그래서 그건 이미… 설명을 하려는데 전화를 뚝 끊어버렸다. 돈도 줬는데… 꼭 가야 하는 건 아니잖아… 했지만, 뭐 집에 있어도 어차피 잠만 잘 거고 해서… 그런 생각보다도 부르니깐… 오라고 하니까… 그래서 나는 학교로 갔다, 달려갔다, 그래도 좀… 천천히 걷기도 했다. 동이 트기 전의 어둑한 운동장에는 패거리 둘과, 두 대의 스쿠터와, 또 본드라도 분 표정의 여자애 하나가 접착력이 다 된 포스트잇처럼 간당간당하게 서 있었다. 왔냐? 담뱃재를 탁탁 털며, 둘 중 하나가 힐끗했다.

아마도 이름이 종무인가, 그랬다. 으응, 그리고 모아이가 올 때까지 놈들은 이런저런 이야기를 낄낄대며 늘어놓았다. 예컨대 포스트잇이랑 창문을 따고 들어가 교실에서 하고 나오는 길이다, 씨 가위바위보에서 내가 졌지 뭐냐, 설거지를, 뭐 이딴 얘기를 실컷 큰 소리로 떠들었다. 가만히, 어느정도 거리가 있긴 해도―그래도 노인 몇이 철봉 근처에서 새벽운동을 하고 있었다. 치수라면 이런 바보 같은 소리는 절대 뱉지 않는다. 격이 없다는 것과도 조금 다르다. 능력의 차이라고, 어둠속에서 나는 생각했다.

이윽고 모아이가 도착하자 놈들이 본론을 얘기했다. 쓸데없는 말을, 즉 치수가 마리의 배를 찌른 다음 옥상에서 밀었다, 그래서 내장이 쏟아지며 떨어졌다, 이 칼이 바로 그 칼이다, 그리고 칼을 휙 휙 그어 보이며 치수가 어제 주고 갔다는 말을 딴에는 쉬쉬하며 늘어놓았다. 말도 마라, 지금 고생이 얼마나 심한지 아냐? 벌레 때문에 큰 수술도 받아야 된다더라, 도와줘야지, 안 그러냐— 말을 늘어놓더니 결국 목소릴 떨면서 돈을 달라고 했다.

줬어

치수를 만난 일과 그 자리에서 돈을 준 얘기를 나는 담담하게 늘어놓았다. 정말이야, 치수에게 물어봐. 머릴 깎고 모잘 썼던데? 나중에 안 거지만— 놈의 이름은 종무가 아니라 종모였는데, 순간 얼굴이 심하게 일그러졌다. 그리고 맞았다. 치수처럼 틀이 잡힌 폭행이 아니라, 마구잡이식의 서툴고 거친 폭행이었다. 익숙지 않은, 서툴고 거친 고통이 격렬하게 온몸에 번져나갔다. 역시나 능력의 차이라고 나는 피를 토하며 생각했다. 여명 속에서, 노인 몇이 이쪽을 바라보며 아무 일 없다는 듯 운동을 계속했다. 하나 둘 셋 넷

둘 둘 셋 넷

넌? 뜻밖에 모아이도 이미 돈을 건네줬다고 얘기해버려 — 종모는 아예 꼭지가 돌아버린 듯했다. 이것들이 날 좆으로 알아요, 스쿠터의 박스에서 짧은 파이프를 꺼낸 놈이 손에 붕대를 감았다. 역시나 나중에 이름을 안 — 혁호가 말릴 때까지, 그래서 우리는 와아 할 정도로 맞아야 했다. 와아 와아 와아, 격이 낮은 스쿠터의 시동이 걸렸다. 아마 어디 놀러라도 갈 계획이었는지 포스트잇의 입술이 뾰로통해져 있었다. 노인들은 하나씩 나무를 차지한 채 툭 툭 자신의 등을 나무에 부딪고 있었다.

스쿠터가 사라진 후 우리는 몸을 일으켰다. 어지럽게 찍힌 발자국과 먼지 속에서 혁호가 던지고 간 담배가 연기를 올리며 깜박이고 있었다. 이유는 알 수 없고, 나는 담배를 주워 모아이와 한 모금씩 나눠피웠다. 처음 피워본 담배가, 그러나 아무렇지 않게 입속으로 넘어갔다. 주지 그랬어, 내가 얘기했다. 주기 싫었어, 모아이가 속삭였다. 점(點) 점, 구름이 많은 하늘이었다. 구름의 저편에서, 스크래치가 많은 탁구공처럼 뿌연 태양이 떠 있었다.

터벅터벅 모아이가 노인들을 향해 걸어갔다. 어떤 이유가 있겠지, 나도 할 수 없이 모아이의 뒤를 따랐다. 힐끔 우릴 쳐다보던 노인들이, 그러나 다가서자 일제히 고개를 먼 산으로 돌렸다. 평생을 이렇게 살아왔구나, 툭 툭 등을 부딪는 소리 속에서 나는 갑자기 서글퍼졌다. 너무 맞아서 그러는데… 혹 안마를 받을 수

있으면 일인당 백만원씩 드리겠습니다. 모아이가 말없이 돈을
꺼내 흔들었다. 차라리 흔들리는 나무들에 비해, 오히려 노인들
은 미동조차 없는 느낌이었다. 싫으면, 가고요.

　　제가 안마를 잘합니다

　　손을 들고 나선 건 대머리의, 눈이 작은 노인이었다. 어딘가
유연한 느낌의 사무적인 얼굴이었다. 두 개의 벤치에 마주 누워
우리는 노인에게 안마를 받았다. 후두둑 땀을 흘리면서도 노인
은 두말없이 안마에 열중했다. 나는 엎드린 자세로 고개를 돌려,
심하게 후들거리는 노인의 다리를 지켜보았다. 여기 있습니다.
안마를 마친 노인에게 모아이가 돈을 건네주었다. 이마의 땀을
닦으며 노인이 금액을 확인했다.

　　여기서 종종 맞습니까?

　　노인이 물었다. 글쎄요,라고 대답하고 우리는 벤치를 벗어났
다. 운동장의 끝까지, 그리고 우리는 말없이 걸었다. 운동장의
끝은 하얗다,라고 느껴질 정도로 고요하고 고요했다. 주머니의
동전을 털어 우리는 음료수를 뽑았다. 환불장치의 레버가 고장
난 자판기였다. 방학 땐 뭐 할 거냐? 모아이가 물었다. 이렇게…
살겠지 뭐, 내가 대답했다. 그 순간 왠지 세끄라탱의 말이 옳다

는 생각이 들었다. 한 소년의 방학이 달라지기도 이만큼 힘든 것이다, 하물며 세계란. 나도… 그래, 모아이가 고개를 끄덕였다. 마찬가지, 마찬가지, 다 마찬가지야. 반쯤 남은 음료수를 뿌려대며 나는 속으로 그렇게 외쳤다. 낯선, 그러나 낯익은 작고 검은 물체가 눈에 들어왔다. 풍뎅이였다. 풍뎅이는 뒤집힌 채 죽어 있었고, 어딘가 바삭하고 텅 빈 느낌이었다. 안녕, 하고 나는 말을 걸었다. 그리고 우리는 <랠리>로 갔다.

여전한, 방학의 시작이었다. 치수가 사라진 대신 나는 종종 종모의 호출을 받았고 - 맞거나, 심부름을 하거나, 상납금을 바치거나, 했다. 내가 연두의 박을 발견한다 해서, 혹은 유익한 대화를 나눠가며 키위를, 블루베리를 마신다 해서 그것이 이 세계에 어떤 변화를 가져올 것인가, 나는 생각했다. 그보다 다수인 척 - 학원을 다니고 학교를 다니고 방학을 보내고 - 돌아와 또다시 여전한 생활을 할 나는, 여전한 생활을 할 너는, 여전한 생활을 할 우리는 - 도대체 어떤 의미를 지니고 있는가. 이 육십억의

불특정 다수는

어떤 의미가 있는가, 나는 생각했다. 그런 생각도 곧 마지막이 아닐까? 델몬트를 마시며 모아이가 말했다. 고등학생이 되면 그런 생각조차 깨끗이 사라질걸. 확실히 고등학생 정도로 늙거나

부패한다면, 나는 순순히 노인이 될 수밖에 없다고 생각했다. 건조하고 뜨거운 오후의 시가지를 내려다보며, 나는 남은 키위를 들이켰다.

핼리는 오지 않는대.

그럴 수도, 고개를 끄덕이며 모아이는 쉽게 수궁의 뜻을 내비쳤다. 하지만 우리는 기대를 거는 거야. 핼리를 기다리는 건, 말하자면 삶의 자세와 같은 거지. 그건 몸을 숙여 저편의 써브를 기다리는 것과 같은 일이야. 나는 탁구를 모르니까 어떤 공도 받지 않겠다, 공 같은 건 오지도 마라—그건 인류가 취할 예의가 아니라고 봐. 마치 우리는 왜 사는지 모르겠다, 하지만 혜성 같은 건 오지도 마라—그게 아니고 또 뭐냐는 거지. 그래서 우린 매달 한번씩 핼리가 오는 날을 정하고 기다리는 거야.

긴장된 삶이로구나.
겸손한 삶이지.

세끄라탱의 권유도 있고 해서, 결국 나는 <핼리혜성을 기다리는 사람들의 모임>에 가입하게 되었다. 편의점 사장과 모아이가 추천인이 돼주었고, 한 쎄트로 따를 당해온 사실이 중요한 가산점이 되었다. 좀더 기다려봐. 심사는 의외로 까다로웠다. 신분이

노출되는데다 오프에서의 활동도 큰 비중을 차지하기 때문이었
다. 나는 탁구를 치며 마치 핼리를 기다리듯 클럽의 통보를 기다
리고 기다렸다. 아이디와 비번을 받은 건 거의 열흘 정도가 지나
서였다. 과연 긴장되고 절로 겸손해지는 열흘이었다.

쎌러브레이션을 부를 때의 쿨 앤 더 갱처럼 즐거울 수 있을까?

클럽의 홈페이지에는 그런 타이틀이 걸려 있었다. 어디에도
핼리에 대한 얘기는 찾아볼 수 없고 대신 동영상을—아마도 쿨
앤 더 갱(Kool & the Gang)인 듯한—우르르 나와선 흑인들의
공연을 볼 수 있었다. 이렇게 즐거울 수는… 없잖아. 예외없이
나는 <아니오> 버튼을 눌렀다. 그렇게까지 즐거운 흑인들이 사
라지자, 비로소 로그인 환경의 접속모드를 만날 수 있었다. 규정
을 읽고 인사말을 작성한 후, 나는 겸손한 마음으로 게시판의 글
들을 하나하나 읽어나갔다. 겸손한 마음이 아니라면 차마 읽기
가 힘든 글들이었다.

아침에 집을 나서면 전철을 탑니다. 누구나 집을 나서면 전철
을 타는 법이지만 저는 좀 다릅니다. 저는 내리지 않습니다. 순
환선(循環線)의 풍경이 지겨워 간혹 노선을 바꿔타는 경우는 있
지만 기본적으로 그렇습니다. 이런 생활을 한 지가 2년째입니다.
이유는 잘 모릅니다. 간혹 왜 이렇게 된 걸까를 생각하기도 하지

만, 정확한 이유는 알 수 없습니다. 우선은 편합니다. 아, 물론 몸이 편할 수도 있겠지만 실은 몸 자체에 많은 무리가 따릅니다. 오래 전철을 타는 일은 생각보다 아주아주 피곤한 일입니다. 편하다는 건, 그렇습니다. 마음을 가리키는 것입니다. 왜냐하면 전철을 타고 있으니까, 즉 언제나 전철을 타고 있기 때문입니다. 전철에 앉아 있는 사람에겐 아무도 당신 요즘 뭘 하느냐 따위의 질문을 하지 않습니다. 네, 뻔히 눈앞에서 전철을 타고 있으니까요. 혹 친척 아주머니나 동네의 수다꾼 여사를 마주쳐도―이런 일이 없다고 생각하십니까? 한달에 서너 번은 겪게 됩니다―걱정할 게 없습니다. 열이면 열 어딜 가냐고 물어오기 때문입니다. 그럼 간단히 어디어디를 가는 길입니다,로 답하면 그만입니다. 그걸로 의심은 사라집니다. 어디를 가나보다, 혹은 어디어디 회사를 다니나보다, 막연히 그렇게 여기게 되는 것이지요. 모든 게 다 전철 때문인 것입니다. 그래서 마음이 편합니다. 집의 부모도 마찬가지. 자격증을 위해 어딘가를 다녀야겠다, 그리고 전철을 타는 겁니다. 4호선의 끝까지, 7호선의 끝까지, 또 순환선을 돌고 돌고 돌고―하다보면 부모를 만날 수도 있습니다. 저는 정말로 두 번이나 어머니를 만났습니다. 물론 얘기한 학원과는 터무니없이 떨어진 노선에서였습니다. 어딜 가는 거냐? 그렇습니다, 부모조차도 전철을 타는 인간에겐 더이상의 말을 못하는 것입니다. 교재를 사러 가는 길이야. 정말 차분하게 저는 대답할 수 있었습니다. 네, 바로 그곳이 전철이었으니까요. 결국 엄마는 친구의 아들—뭐 저의 어릴 적 친구이기도 합니다만—얘기를 꺼내며 한숨을 지었습니다. 4년째 방에서 안 나오고 컴퓨터만 하는 녀석이거든요. 걱정 같아 보이지만 이건 그야말로 안도의 한숨입니다. 잘 아시겠지만, 그렇습니다. 군이 비교할 일도 없겠지만, 저는 4년째 컴퓨터만 하는 인간이나 2년째 전철만 타고 다니는 인간이 다를 게 없다고 생각합니다. 하지만 전철이니까, 전철을 타고 어디론가 가고 있으므로 다르게 여겨지는 것입니다. 실은 아무 일도 안하지만, 그래서 저는 노력은 하는데 시운이 안 따르는 인재로 부모의 머릿속에 각인되어 있습니다. 생각해보세요. 아침 일찍 집을 나가 밤 늦게야 피곤한 얼굴로 돌아옵니다. 주변 친지나 친구들조차도 혹 댁의 아들을 유흥가에서 보았다, 여자애랑 팔짱을 끼고 모텔에 들어가던데? 따위의 목격담을 전해오지 않습니다. 들리는 얘기는 오로지 전철, 전철에서 댁의 아들을 보았다—가 되는 것입니다. 이 얼마나 성실하게 느껴지는 아들입니까. 하지만 그것이 이유의 전부는 아닙니다. 우선 낭비를 줄이게 됩니다. 쓸데없는 지출, 쓸데없는 인간관계, 특히나 쓸데없는 관심… 게다가 나름 여러가지 생활을 할 수 있습니다. 폰이 있으니 인터넷도 해결할 수 있고, 뉴스와 신문은 언제나 널려 있게 마련입니다. 저는 그래서 전철을 탑니다. 보호받는 그 느낌이 언제나 좋은 것입니다. 예, 장차 뭘 할 거냐? 그런 질문에 시달리지 않고 저는 결국 유산이나 물려받을 생각입니다. 노력을 해도 안되는 아들에게 대개의 부모들은 후한 법이니까요. 아버지는 꽤 엄한 편이지만, 그래도 거품경제 속에서 돈을 꽤 모아둔 축입니다. 생각해보세요. 평생을 일한다고 지금 그런 돈이 모일까요? 그래서 저는 전철을 타는 것입니다. 그런데 그렇다고 제가 전철을 타는 이유가 모두 설명된 건 아닙니다. 그게 참 애매한 부분인데, 이상하게 그렇습니다. 저는 슬픕니다. 이상하게 가끔 슬픈 것입니다. 제가 이렇게 살고 있는 건 누구 때문일까요. 이렇게 살 수 있는 건, 또 누구 때문일까요. 전철은 누가 만든 걸까요. 저는 왜 사는 걸까요. 이런 생각이 들면서 그렇게 마구 슬픈 것입니다. 이런 내추럴한 슬픔을 느낀 건 인생을 살아오면서 처음입니다. 한번은 문득, 그래서 선로에 뛰어들고픈 충동을 느끼기도 했습니다. 그런데 나 따위가 죽는다고 해결될 일이 아니란 생각이 들더군요. 뭐랄까, 그것 역시도 실로 내추럴한 각성이었던 것입니다. 생각 끝에, 그래서 저 역시 여러분과 같은 결론에 도달한 것입니다. 틈나는 대로, 일기는 계속 전하겠습니다.

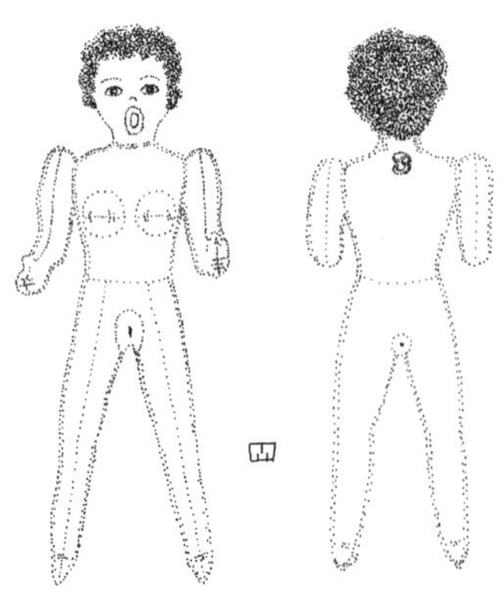

캐서린 드디어 주문. 이제 캐서린에게 희망을 겁니다. 오럴과 애널까지 세 군데가 가능하고요, 고급 씰리콘이 부드러움을 더했습니다. 머리부터 발끝까지 실제 사람과 비슷하게 생겼으며 음부 또한 실제 사람과 똑같이 생겨 그 느낌을 더해준다고 하는군요. 잘하면 이곳을 탈퇴할지도 모르겠습니다.

　바보들을 어떻게 할 거냐는 겁니다. 그 누구도 인류의 능력을 의심하진 않습니다. 결국 인류는 유전자의 비밀을 밝혀내고, 진화의 정체를 파악하고, 로봇으로 모든 노동을 대체하는 순간을 맞이할 겁니다. 하지만 바보들을 어떻게 할 거냐는 겁니다. 핵융합의 원리를 알아내고, 전파를 발견하고, 항해술을 개발하고, 반도체를 만드는 건 1%의 인간입니다. 하지만 그걸 사용하는 건 대다수의 바보들입니다. 죽여도 되는 바보들이 아니라 인권을 가진 바보들이란 얘깁니다. 그 바보들을 어떻게 할 거냐는 것입니다. 바보들을 통제해온 방법도 날이 갈수록 그 기능이 떨어질 것입니다. 바람처럼, 바보들은 절대 영리해지지 않습니다. 영악해질 뿐입니다. 즉 결론은 이 대다수의 바보들을 어떻게 처리할 거냐는 것입니다.

　결국 악(惡)은 힘이라는 결론을 내렸다. 선악의 구별이 있는 게 아니라 힘을 가지는 순간 악해지는 것이다. 그런 결론을 얻고 나니 세상의 결과가 너무 참혹하다. 아무도 힘을 가져선 안되는데 누구나 힘을 얻으려 기를 쓴다. 주여… 핼리님은 지금 어디까지 오신 걸까.

캐서린 도착. 실제 사람과 하나도 비슷하지 않습니다.

저는 너무 참았습니다. 실은 한계가 온 건 오래전입니다. 이제 그만 해야지 했는데(참고로 뭘 하는지는 묻지 마세요), 그게 절대 안되는 것입니다. 절대 그렇습니다. 차라리 돈돈 하고 아무 생각 없이 사는 게 속은 편할지 모르겠습니다. 하, 이런 제 자신을 누가 이해해주겠습니까? 천형을 내린 하늘이 저주스럽기만 합니다. 그런데 왜 자꾸 절 만나려는지 의도를 알 수 없네요. 다 때가 되면 스스로 공개할 용의를 가진 사람입니다. 그러니 알려고 들지 마세요. 제발 부탁입니다. 저는 사실 평범한 사람입니다. 오늘까지만 하고, 이제 정말 이 일은 그만둘 겁니다. 올스톱! 아시겠습니까? 저는 한다면 하는 사람입니다.

저는 태어나 고생이란 걸 해본 적이 없습니다. 핼리가 와준다면 저도 고생 꽤나 하겠죠?

오늘 방송국에 가서 수재민 성금을 내고 왔습니다. 모두가 잘 아시는 임성훈씨가 진행하셨고요, 제가 줄을 서 있는데 진행요원 아가씨가 용지를 나눠주더군요. 이름과 금액을 적는 용지였습니다. 그래서 금액은 기입했는데 이름은 적지 않았습니다. 밝히고 싶지 않습니다, 대신 그렇게만 적어놓았죠. 이름을 밝히지 않으셨고요, 예, 오백만원 기탁하셨습니다. 임성훈씨께서 직접 그렇게 소개하시더군요. 물론 얼굴은 그대로 나왔습니다.

다 귀찮습니다. 아시겠습니까?

캐서린을 직장상사가 더럽혔네요. 기분 정말 더럽습니다. 며칠 전 캐서린이 사람을 닮지 않았다고 글을 올렸는데 실은 실망이 아니라 기쁨이었습니다. 저는 인간이 싫거든요. 오래전부터 그랬습니다. 물론 예전엔 저도 인간 여성과 사랑을 나누는 환상을 가진 적이 있었습니다. 이 외모로 실제 여성을 사귈 수도 없고 해서(물론 노력은 했지만 말입니다) 한동안 그래서 고무밴드를 파트너로 삼고 살았습니다. 고무밴드가 뭐냐구요? 그건 우연히 발견한 건데(발명일 수도) 일단 고무밴드로 손목 위 십오 쎈티 정도를 강하게 묶습니다. 그리고 일분 정도면 압박 들어옵니다. 그 느낌이 상당한데 그때 손으로 살포시 성기를 잡습니다. 피가 안 통한 손은 아주 차갑고 부드러워, 마치 타인의 손처럼 느껴집니다. 그래서 눈을 감고 타인이, 그것도 인간 여성이 사랑해준다,라는 상상을 하는 것이죠. 그런데 어느 순간 그게 고무 쪽으로 옮겨갔습니다. 외모 때문에, 또 능력도 후줄근하고 해서 무렵에 이래저래 상처를 많이 받았거든요. 물론 이상하게 여기시겠지만 전 하나도 이상하지 않습니다. 인간 여성들이 날 싫어해 고무를 사랑하는 건데 그게 제 잘못입니까? 아무튼 결국 그래서 캐서린까지 온 것입니다. 캐서린은 저렴한데다 또 전신인

형이라 숙직실에서 베고 잘 수도 있는 잇점이 있었지요. 얼마나 고맙던지. 이런 말 하긴 그렇지만, 그래서 저는 그만 캐서린을 진심으로 사랑하게 되었습니다. 아아 캐서린… 그런데 오늘 아침이었습니다. 새벽 순찰을 돌고(저는 빌딩관리 일을 하고 있습니다) 숙소로 돌아왔는데 주임이 벌써 일어나 옷을 챙겨입고 앉아 있더군요. 일찍 일어나셨네요? 하니까 그래그래 하며 얼른 방을 나가는 것이었습니다. 그때 느낌이 이상하더군요. 저는 얼른 사물함을 열어보았습니다. 앗 캐서린이, 저는 한눈에 주임이 캐서린을 더럽혔다는 걸 알 수 있었습니다. 주임은 공기를 다 빼지도 않고, 제 소중한 캐서린을 둘둘 말아 넣어놓았더군요. 저는 얼른 캐서린의 몸을 살펴보았습니다. 이 인간이… 그리고 눈물이 다 글썽했습니다. 캐서린의 소중한 질과 애널에서 끈적한 느낌과 말라붙은 휴지를 발견했기 때문입니다. 제가 얼마나 깨끗이 씻겨두는데… 저는 울면서 캐서린을 씻겨주었습니다. 울면서 생각했습니다. 주임을 고소할까, 아니면 죽일까… 하지만 결국 저는 참기로 했습니다. 그건 캐서린을 두 번 죽이는 일이 될 테니까요. 또 결국은 캐서린을 지켜주지 못한 저의 불찰이란 생각도 들었습니다. 하지만 저는 납득할 수 없습니다. 주임을, 주임이란 저 인간을 말입니다. 주임에겐 와이프가 있습니다. 버젓한 인간 여성이고 아이도 둘이나 낳아주었지요. 게다가 주임은 이래저래 바람을 피우는 여성이 제가 알기로도 서넛은 넘습니다. 아아, 가진 자의 마음을 그래서 저는 도무지 파악할 수가 없습니

다. 그렇게 가진 사람이… 왜 그랬을까요. 이젠 가진 자들이 무
섭습니다.

모니터를 껐다.
잠을 좀 자야겠다고

나는 생각했다.

좋지도 나쁘지도

눈과 눈 사이, 즉 미간에서 스윙은 끝이 난다. 팔꿈치의 각도는 90도, 라켓의 각도는 85도를 유지한다. 스윙에는 허리가 동반되어야 하고, 허리의 회전은 다리에서 비롯된다. 물의 흐름처럼, 동작은 이어져야 한다. 그것이 스매시다.

눈과 눈 사이, 즉 미간에서 스윙은 끝이 난다. 팔꿈치의 각도는 90도, 라켓의 각도는 85도를 유지한다. 스윙에는 허리가 동반되어야 하고, 허리의 회전은 다리에서 비롯된다. 물의 흐름처럼, 동작은 이어져야 한다. 이것이 스매시다.

끝없이 동작을 반복했다. 거울을 보면서는 천천히, 세끄라탱과 연습할 때는 쉴새없이. 나중엔 각도니 움직임이니, 이것이 스매시니 생각 자체가 엉망으로 뒤엉키고는 했다. 팔꿈치 올리고, 허리, 어떻게 된 거야 허리, 그립을 꽉 쥐지 마, 시선 고정하고, 그래서 아아, 더는 못하겠다는 생각이 드는 순간 머릿속이 간단해졌다. 생각이 없어지고 <핑퐁> 하는 소리만이 머릿속을 울리고 있었다. 핑퐁 핑퐁, 좋지도 나쁘지도 않은 그 소리가 그래서 참 공평(公平)해졌다고 느끼는 순간 세끄라탱이 소리쳤다. 좋았어, 그게 바로 스매시야.

결국엔 폼(form)을 완성하는 거야. 끝없이 계속 가다듬는 거지. 실은 공을 보내는 게 아니라 이쪽의 다듬은 폼을, 자세를 보내는 거야. 알겠니? 탁구에서 졌다는 말은, 결국 상대의 폼이 나의 폼보다 그 순간 더 완성되었다는 뜻이야. 자, 스매시에 있어 너의 폼이 생긴 게 언제였지? 일주일 전이요. 그럼 일주일간 가다듬은 폼이 그물을 넘어오는 거야. 그것을 내가 리씨브한다면… 좋아, 쉽게 삼십년 탁구를 쳤다 치자, 그럼 다시 말해 내가 삼십년간 가다듬은 폼이 널 리씨브하는 거야. 라켓에 닿은 공은 순식간에 일주일의 폼에서 삼십년의 폼으로 성질이 변해버리지. 그건 이동이야, 공간과 차원의 이동. 오래전 탁구가 와프와프라 불린 이유는 바로 그 때문이지. 즉 한쪽의 폼을 다른 쪽에 전이하는 수단이었던 거야. 그게 탁구의 정체야. 저편의 완성된 폼을 리씨브하면서, 또 스매시하면서 이쪽의 폼을 완성해갈 수 있는 거니까. 우주는 늘, 이런 식으로 자신의 폼을 전달해왔어. 광활한 보드를 넘어, 시간의 그물을 넘어, 와프(warp)해서 말이야.

자, 이번엔 모아이가 스매시를 했어. 역시나 일주일간 다듬은 폼을 나한테 보낸 거야. 나는, 실은 사십오억년이나 리씨브의 폼을 다듬어왔어. 좋아, 그런데 공이 지금처럼 네트에 걸리며 떨어진 거야. 사십오억년의 폼으로도 도무지 손을 쓸 수 없는 상황이지. 이럴 땐 모아이가 나에게 반드시 해야 할 말이 있어. 그게 뭐지?

럭키!

그렇지, 바로 이 순간 자신의 득점에 운이 따랐을 뿐이라고 외쳐주는 거야. 탁구의 중요한 예절이지. 인류가 바로 이 경우에 속하는 거야. 인류의 폼이 반격을 당하지 않은 이유는 순간 이런 행운이 따라줬기 때문이지. 그래서 실은, 인류는 다 함께 <럭키>라고 외쳐야만 해. 공이 왔던 곳을 향해, 자신들의 자세를 받아주는 곳을 향해서 말이야.

럭키!

그래서 럭키,라고는 했지만 좋지도 나쁘지도 않은 여름이었다. 탁구의 폼을 익히며 열심히 땀을 흘렸고, 정식 탁구화를 샀으며, 적당한 디자인의 유니폼을 모아이와 함께 맞춰 입었다. 정말 한 쎄트구나. 세끄라탱이 중얼거렸다. 그리고 한 쎄트로, 일주일에 한번씩 폭행을 당했다. 운동도 폭력도 모두가 에누리없이 정직한 것들이어서, 럭키를 외칠 만큼의 운 같은 건 일어날 일이 없었다.

그래서 럭키,라고는 못하겠지만 과연 좋지도 나쁘지도 않은 여름이었다. 치수의 빈자리를 종모가 대신했을 뿐이고, 나로선 언제나 변함없는 생활이었다. 불운하다는 건, 이러다 혹 실명을 하거나 부러진 갈비뼈가 허파를 찌른다거나, 할 때의 일이겠지. 당연히 산소와 함께 이산화탄소를 들이마시듯, 나는 일정량의 폭력을 받아들였다. 대신 우리는 그때마다 안마를 받았다.

자주⋯ 맞으시네요.

수돗가에서 얼굴을 씻는데 예의 그 노인이 다가와 물었다. 이젠 십만원밖에 못 드려요. 모아이가 말하자 히죽 웃으며 고개를 끄덕였다. 좋지도, 나쁘지도 않은 일이었다. 팔월이 되면서 운동을 나오던 노인들 중 두 사람이 갑자기 죽었다. 말이죠⋯ 당뇨하고 협심증이었다지요. 꾹꾹 허리를 누르며 노인이 수군거렸다. 럭키,라고 나는 마음속으로 중얼거렸다.

<아프리카>의 메뉴에선 블루베리가 삭제되었다. 대신 구아바와 파파야가 새로운 메뉴로 추가되었다. 좋지도, 나쁘지도 않은 일이었다.

왜 없어졌나요? 수입이 힘들어졌대. 블루베리가 히트를 친 덕인지 <아프리카>의 벽에는 커다란 모니터가 설치되어 있었다. 파파야를 마시며 나는 뉴스를 보았다. 티베트의 주권문제와 일본의 대지진, 칠레의 장기불황과 아일랜드의 이상가뭄, 중국의 빈부격차와 르완다의 정치보복이 CNN과 BBC의 다이제스트 편집으로 연이어 보도되었다. 이런 식으로, 인류도 자신의 폼을 가다듬어가는 걸까? 파파야의 과즙을 씹으며 나는 생각했다.

우린 럭키한 걸까? 모아이가 중얼거렸다. 이 세계엔 여전히 가뭄과, 학살과, 재해와, 분쟁에 시달리는 인간들이 있지만—우리는 안전하다. 안전한 나라의 시원한 실내에서, 지금 이렇게 주스를 마시지만 이것이 럭키,라는 생각은 들지 않았다. 좋지도 나쁘지도, 이를테면 따에 걸리지 않은 마흔한명의 삶을, 육백삼십육명이나 천구백삼십사명의 인생을, 그렇다고 오만구천이백사명이나 육십억의 생을 럭키,하다고 할 수 있을까? 이봐, 모아이… 델몬트의 마개를 따는 모아이에게 나는 속삭였다. 우리반의 지혜란 애 알지? 안경 쓰고… 임원 같은 거 줄곧 하고, 부모 직업란에도 양쪽이 다 변호사라고 쓰고… 말하자면 럭키,하다고 할 수 있을까? 그리고 승재 말이야, 실컷 터지긴 했지만 왜 치수한테 덤볐던 유일한 애 있잖아. 우리보고 가만 있지 말라고, 그래서 계속 당하는 거라고 말한 애… 그런 놈은 럭키한 걸까? 그럼 우리반 앞줄의 병수 같은 애는… 갠 여태 한번도 지적 같은 걸 당한 적이 없어. 선생들 눈에도 치수 눈에도 띈 적이 없고… 숨어 있는 것도 아닌데 이상하게 그래. 말하자면 그런 건 럭키, 하다고 할 수 있을까? 아니, 지혜나 그런 애들… 말하자면 그런 애들을 라켓으로 때리면, 때려서 차례차례 우주로 보낸다면 어떤 리씨브가 돌아올까? 스매싱해서

달라이 라마를 추종하는 티베트의 승려를

무너진 건물에 하체만 깔린 일본의 시장상인을

살면서 한번도 양심을 판 적이 없지만, 백칠십명의 후투족을 쐈죽인 르완다의 투치족 반군을

남동생을 성적으로 학대했지만, 그것과는 별개로 가뭄 피해를 입은 아일랜드의 농부를

치수를

태교를 위해 수족관에서 돌고래의 고주파를 배에 쬐고 있는 칠레의 임산부를

가사복무(家事服務)란 유니폼을 입고 걸레질을 하고 있는 중국의 파출부를

6개월 된 칭을 데리고 산보하는 프랑스의 노부부를

조지 부시를

힐러리 클린턴을

콩고의 밀림에서 흰개미를 먹고 있는 산(山)고릴라를

지금 여기서

파파야와 델몬트를 마시고 있는 우리를

날려보낸다면 어떤 리씨브가 돌아올까?

글쎄… 아무튼 럭키,라고 외치긴 해야 할 것 같은데.

그래서, 그래서 럭키 – 한 걸까?

그러고 보니, 아무래도.

방금 들렸어. 뭐가요? 화면의 저 남자 말이야… 하체가 깔린 저기 저 사람… 지금 속삭였어, 구조대원에게… 무너진 기꼬망 박스 뒤에 아내가 있을 거라고… 속삭였어. 힘들지만 최선을 다해 계속 속삭이고 있어. 그걸 어떻게 들어요? 모르겠어, 하지만 들려. 그리고 중얼중얼 세끄라탱은 혼잣말을 내뱉었다. 이봐요, 왜 그래요? 생각나려 해… 나는 지금… 낮말을 듣는 새. 나는 중간자, 탁구계의…

세끄라탱은 점점 더 맛이 갔는데, 멀쩡한 면모를 보이다가도 종종 그렇게 변신을 하고는 했다. 혼잣말을 하고, 시선이 멍해졌지만 나름 일련의 맥(脈)이 있는 변신이었다. 낮에는 <낮말을 듣

는 새>, 즉 밤이면 <밤말을 듣는 쥐>. 티스푼이라도 구부리며, 우리는 대충 그것을 인정하기로 했다. 즉 새 같기도 하고 쥐 같기도 한 세끄라탱의 얼굴에서 그때마다 쥐나 새의 한부분이 사라지는 느낌을 받아서였다.

콜록콜록

　세끄라탱의 두 아이를 만난 것은 공사(工事)가 한창일 때였다. 파충류인지 조류의 뇌인지를 가졌다는 쌍둥이가 가게를 찾아왔다. 아빠, 배가 고아요. 기침이 심한 두 아이는 팔월인데도 콧물을 흘리고 있었다. 형은? 형은 오저네 나가어요. 건물 이층의 중국집에서 우리는 함께 중국냉면을 먹었다. 두 아이는 좋지도 나쁘지도 않은 인상이었고, 다만 심하게 새와 쥐를 닮은 얼굴이었다. 와아. 스푼을 구부리는 모아이를 보고 두 아이는 몹시 즐거워했다. 돌아가는 아이들에게 세끄라탱은 오천원씩을 쥐여주었다. 콜록콜록, 몹시 새 같은 얼굴들의 기침을 보며 내가 물었다. 조류독감인가요? 아니, 여름감기야. 중국집에서 받은 키체인에 열쇠를 끼우며 세끄라탱이 대답했다. 혹시

엄마가 없나요?

엄마는… 없었지.

147

<랠리>의 옆 점포는 비어 있었는데, 세끄라탱이 마저 세를 얻어버렸다. 공사가 시작된 것은 그 때문이었다. 마룻바닥을 깔고, 쇼윈도에 차양을 치고, 결국 일주일 만에 좋지도 나쁘지도 않은 연습실이 완성되었다. 우리로선 럭키,한 일이었지만 세끄라탱으로선 부담이 아닐까 걱정스러웠다. 걱정 마, 여기 상권이 죽은 지 오래라 거의 공짜에 얻은 거니까. 탁구대의 수평을 조절하며 세끄라탱이 얘기했다. 이래저래 겸사겸사야. 나도 오랜만에 탁구가 치고 싶어졌거든. 날이 너무 더우니까, 또 벌판은… 너무 머니까.

벌판은… 그래서 한동안 가지 않았다. 날씨가 너무 무더웠고, 간다 해도 그래서 딱히 할 일이 없을 것 같았다. 그러나 문득, 예컨대 학원의 수업을 받다가, 또는 고오 하고 비행기가 날아가는 걸 올려다보다가, 또 랠리를 끝내고 예컨대 리치 같은 <아프리카>의 새 메뉴를 마시다가―나는 문득 벌판이 보고 싶었다. 벌판의 소파가, 탁구대가 보고 싶었다. 잘들 있겠지, 물을 수 있다면 안부 같은 걸 묻고 싶기도 했다. 그리고 나는

치수의 전화를 받았다. 잘 있었냐? 안부 같은 걸 묻고 난 후, 왠지 티브이의 쇼프로나 드라마… 그런 것에 대한 견해를 배터리가 떨어질 때까지 실컷 늘어놓았다. 그리고 뚝 전화가 끊어졌다. 다시 걸려온 전화를 받은 것은 한참이 지나서였다. 여긴 J시

야. 아무한테도 말하지마, 뭐 말해봤자겠지만… 아무튼 한번 놀러 와라. 근처에 바다가 있어. 달도 가끔 너 생각이 나나봐, 하고는 전화를 끊어버렸다. 그래서

더욱 무서웠다. 무서워, 그건 진짜 무섭더라구. 편의점의 점장은 최근의 외화씨리즈에 푹 빠져 있었다. 하루는 메트로폴리스의 중앙분수를 쳐다보며 한참이나 잡담을 나누었다. 그러니까 어느 누가 범인이 아니라 모두가 다 공범이란 얘기잖아, 그게 섬뜩하더라구. 첨엔 그래서 이해가 안 갔지, 주인공이 범인일 거라 당연히 생각했으니까… 나 참, 그러니까 모두가 공범이고 모두가 피해자란 얘기잖아, 하고는 손수건을 꺼내 연신 땀을 닦았다. 그래 공부는 잘되냐? 잘,된다고 우리는 대답했다. 사모님이 요즘엔 통 안 나오시네요. 모아이가 물었다. 그러냐? 하고 점장은 환하게 웃었다. 이상하게

그리고 우리는 아무 말도 하지 않았다. 럭키,한 걸까? <랠리>를 향해 걸어가며 모아이가 중얼거렸다. 뭐가? 저 아저씨 말이야. 왜? 지난달에 채팅방에서 자기 부인을 죽일 거라고 했거든. 그래? 하고 나는 고개를 끄덕였다. 살아 있거나 죽거나… 좋지도 나쁘지도, 혹은 럭키하지도. 점장은 살이 쪘고, 이틀 전 고가(高價)의 청소로봇을 샀다고 했다. 나는 막연히, 부인의 시체를 청소하는 고가의 청소로봇을 상상했다. 살이 찌는 기분이었다.

로봇이다.

<랠리>에 탁구로봇이 들어온 것도 8월의 일이었다. 연습용이
야. 신기해하는 우리에게 세끄라탱은 로봇의 작동법을 가르쳐주
었다. 드라이브의 조절까지, 갖가지 공에 대한 리씨브를 익힐 수
있어. 핑퐁 핑퐁, 우리는 교대로 로봇의 공을 받는 연습을 했다.
세끄라탱을 상대로 스매시를 할 때와는 달리, 참으로 생각없고
반사적인 랠리가 이어졌다. 다르지? 달라요. 조건반사만으로도
탁구를 치는 건 가능하단다. 조건반사만으로도 삶을 사는 일이
가능하듯이. 그래서 실은 비둘기도 탁구를 칠 수 있는 거란다.
비둘기가요?

물론이지. 사십년 전에 나는 실제로 비둘기와 공식시합을 벌
인 적이 있었어. 세 명의 참관인이 지켜봤고 21 대 19 박빙의 승
부였지. 누가 이겼나요? 비둘기의 승리였단다. 탁구를 치는 비
둘기를 길러낸 사람은 스키너란 이름의 심리학자였어. 그는 생
물의 행동이 자극의 통제와 강화에 의해 형성된다고 믿었지. 그
래서 <스키너 박스>라는 실험공간을 고안해낸 거야. 조작된 조
건 속에서, 이를테면 쥐가 지렛대를 누를 때마다 먹이가 떨어지
고 그걸 먹을 수 있게 하는 거야. 그럼 지렛대를 누르는 동작에
있어선 정말 슈퍼한 쥐가 길러지는 거지. 탁구를 치는 비둘기도

그렇게 해서 탄생한 걸작이었단다. 박스 안의 구조는 간단해.

　1. 반응도구(지렛대, 열쇠, 원판)
　2. 강화매개물(먹이, 물)
　3. 자극요인(빛, 큰 소리, 작은 전기충격)
　4. 실험유기체(쥐, 비둘기)

그건 마치… 세계(世界)잖아요. 아무튼 그 시합이 내 탁구인생에 있어 전환점이 된 건 사실이란다. 아, 이젠 못 당하겠구나. 먹고살고자 하는 이 조건반사를… 내가 당해내지 못하겠구나, 그런 생각이 들었던 거지. 그 비둘기는 어떻게 되었나요? 어떻게 되긴,

그렇게 살다 죽었지.

아아, 오늘은 한번도 마셔보지 않은 인삼을 마실래. 거봐, 아프리카에서 주스를 마시는 것도 이젠 강화(强化)된 행동이 된 거야. 이 로봇과의 랠리를, 그래서 몸으로 익혀둘 필요가 있어. 그 시합에서 내가 느꼈던 감정도 이와 비슷한 거니까. 로봇은 지금의 인류가 완성해가는 또 하나의 폼이야. 진짜 탁구를 치고 싶다면, 힘들더라도 이 폼에 대한 리씨브를 익혀야만 해.

진짜 탁구를 논할 수준은 아니었지만, 모아이와 나의 랠리는 눈에 띄게 길어져갔다. 우리는 더욱 탁구에 열중했고, 좋지도 나쁘지도 않은 서로의 폼을 천천히 공들여 다듬어갔다. 밤에는 전화나 채팅으로 대화를 나누었다. 클럽에선 등급이 달라 만나기가 힘들었지만, 치수의 호출에서 벗어난 전화기가 어느새 훌륭한 연결의 끈이 되어 있었다. 그래서 17일이야? 아니, 19일이야. 이번엔 트레이드 빌딩의 옥상에서 모임을 갖기로 했어. 트레이드 빌딩? 그 72층 건물을 얘기하는 거야? 응, 멤버 중에 거기 경비역이 있는데 몰래 옥상을 이용할 수 있게 해준댔어. 벌판에서 받은 신화사의 공을 만지작거리며 나는 달력의 19일에 ×표시를 했다. 넌 몇번째 참가야? 거의 개근했으니 아홉번째 정도 되겠네… 넌 처음이지? 처음이야. 바람처럼 그날 핼리가 왔으면 하는 생각을, 나는 했다. 그런데 모아이, 벌판에 가보고 싶지 않아?

그래서 다음날 우리는 벌판을 찾았다. 오랜만이네. 그러게. 주상복합의 아파트는 어느새 거의 마무리가 되어가고 있었다. 그리고 탁구대는, 소파는, 캐비닛은, 여전히 그 자리에 그대로 놓여 있었다. 처음 그곳에 앉아 하늘을 보던 때와 마찬가지로, 우리는 깊숙이 소파에 몸을 묻었다. 좋지도 나쁘지도 않은 기분이었다. 그러나 대신,

럭키

하다는 생각이 들었다. 저기 모아이… 혹시 말이야… 세끄라탱
에게서 옛날 탁구공 같은 걸 받았니?

받았어.

럭키, 라고 나는 중얼거렸다.

9볼트

마음가짐이 중요해. 한달에 한번씩, 그렇게 믿고 순수하게 기다리는 거야. 스키너의 박스를 뜯어서 뒤집어놓은 거랄까, 아무튼 자극체인 핼리는 오지 않아. 강화매개물도 스스로 포기해, 반응도구도 없어, 그런데도 강화되는 무언가가 있다는 생각이야. 도심을 향한 버스에서 모아이가 속삭였다. 약간, 모서리가 닳은 둥근 달이 우주가 보낸 탁구공처럼 차창 너머에 떠 있었다. 리씨브할 수 있을까. 뭘? 핼리가 온다면 말이야.

인원은 고작 네 명이었다. 약속한, 건물 외곽의 주차장에서 우리는 빌딩의 경비역인 멤버를 기다렸다. 덜컹, 비상구가 열리더니 잠시 후 사내 하나가 얼굴을 내밀었다. 핼리를 기다리러 오신 거죠? 우리는 고개를 끄덕였다. 사내를 따라 어두운 통로를 걸은 지 십여분, 화물 엘리베이터를 타고 오른 뒤 다시 좁은 복도를 오분쯤, 기계실 같은 곳과 두 개의 비상구를 지나 또다시 엘리베이터를 타고 한참을 올라갔다. 덜컹, 마침내 도착한 트레이드의 옥상은 벌판,이라 불러도 좋을 만큼 광활한 곳이었다. 고함을 쳐도 상관없습니다, 아시겠습니까? 두 개의 큰 원이 그려진—헬기 착륙장으로 우릴 안내한 후 사내는 뭔가 가져올 게 있다며 자신의 숙소로 돌아갔다. 고공(高空)의, 춥다는 생각이 들 정도의 여름밤이었다.

잠시 후 다시 문이 열리는 소리가 들렸다. 사내였다. 등에 누군가를 업고 있었는데, 가까이 다가와서야 그 정체를 알 수 있었다. 아마도, 캐서린이었다. 훌쩍훌쩍 사내는 울고 있었다. 모임을 시작합시다. 일행 중 가장 연장자인 중년의 신사가 나지막한 목소리로 중얼거렸다. 누군가 기도문 같은 걸 읊기 시작했다. 헬리를 대신해, 순은(純銀)의 달빛이 헬기처럼 천천히 착륙장의 중심으로 하강해왔다. 리씨브가 가능할까? 허공을 응시한 채, 나는 깊은 생각에 잠겼다.

이제 각자 헬리가 온다 생각하고 하고 싶은 일을 하면 되는 거야. 멸망의 밤이니까… 뭐 사과나무를 심어도 되는 거고, 그건 각자의 자유지. 모아이가 속삭였다. 곧 자신만의 세계에 사람들은 몰입하기 시작했다. 분위기를 파악하며 주변을 서성이는데 그럼, 하고 모아이가 자리를 떴다. 착륙장의 원호(圓弧)를 가로질러, 모아이는 북극 정도로 느껴지는 옥상의 외벽까지 달빛을 받으며 걸어갔다. 핼리가 올 수도 안 올 수도 있는 하늘을 쳐다보며, 그래서 나는 혼자가 된 느낌이었다.

중년의 신사는 비상구가 있는 벽 앞에서 큰 소리로 기도를 하기 시작했다. 고함과 흐느낌을 왕복하는 기도의 주파수가 FM처럼 선명하게 모두의 귀에 수신되었다. 잠시 후 그가 벽에 머리를 찧기 시작했다. 스키너 박스를 뛰쳐나온 쥐 같다는 생각이 들었지만, 아무렴 멸망의 밤이었다. 트레이드의 경비는 물탱크가 설치된 구조물 앞에서 옷을 벗고 있었다. 준비해온 물수건으로 캐서린을 잘 닦은 그는, 잔뜩 젤을 바른 자신의 성기를 세워 주위에 아랑곳없이 쎅스에 열중하기 시작했다. 오직 핼리만이 모두를 진정시킬 수 있을 것 같았다. 차라리 오늘밤이 종말이기를, 나는 대충 빌어주었다. 격하게, 달빛이 흔들리고 있었다. 격하게, 캐서린도 흔들리고 있었다. 지금이 종말이라면

나는 무엇을 할 수 있을까―생각에 빠져들었다. 손톱을 마저, 끝까지 물어뜯을까. 치수에게 전화를 걸어 배터리가 떨어질 때까지 쇼프로와 드라마의 이야기를 늘어놓을까. 이 새끼가 미쳤나?라고 한다면, 닥치고 끝까지 들어 이 새꺄! 고함을 친 후 다시 조근조근 드라마의 이야기를 늘어놓을까―생각 끝에, 나는

탁구를 치기로 결심을 했다.

착륙장의 중심에서 나는 자세를 가다듬었다. 어깨의 폭보다 조금 넓게 다리를 벌리고, 라켓을 상상하며 오른손으로 가볍게 공기를 움켜쥐었다. 왼손에는 신화사의 공이, 그 공 같은 상상력이 공기와 함께 뭉쳐진 기분이었다. 나는 스윙을 시작했다. 눈과 눈 사이, 즉 미간에서 스윙은 끝이 난다. 팔꿈치의 각도는 90도, 라켓의 각도는 85도를 유지한다. 스윙에는 허리가 동반되어야 하고, 허리의 회전은 다리에서 비롯된다. 물의 흐름처럼, 동작은 이어져야 한다. 그것이 스매시다.

눈과 눈 사이, 즉 미간에서 스윙은 끝이 난다. 팔꿈치의 각도는 90도, 라켓의 각도는 85도를 유지한다. 스윙에는 허리가 동반되어야 하고, 허리의 회전은 다리에서 비롯된다. 물의 흐름처럼, 동작은 이어져야 한다. 이것이 스매시다—눈을 감은 채 나는 계속 탁구에 열중했다. 땀이 나기 시작했다. 땀이 일으키는, 공기와 피부 사이의 윤활작용을 느끼며 나는 거듭 나의 폼을 가다듬었다. 할 수 있는 데까지 다듬는 거야. 핼리가 온다면, 이 라켓으로 최선을 다한 리씨브를 해줘야지—나는 생각했다, 그것이 나의 최선이었다.

혹시, 탁구냐?

눈을 뜨니 또다른 멤버 하나가 나를 바라보고 있었다. 짧은 머리를 희게 탈색한 이십대 초반의 형이었다. 예,라고 나는 고개를 끄덕였다. 그래, 맞춰버려서 미안. 주머니에 손을 넣은 채 그는 음악을 듣고 있었다. 자세히 보니 양 귀에 각각 세 개, 다섯 개씩의 이어링을 하고 있었고, 이어폰이 파묻혀 보이지 않을 만큼 퉁퉁하고 살집이 많았다. 흠 흠, 탁구라면 나도 쳤었지. 초등학교 때 살을 빼려고 말이야, 물론 실패했지만 실은 잘할 수도 있었어… 에애 에애애에. 어때, 넌 성공했냐? 하긴 살을 뺀다고 다 되는 건 아니지만…

에애 에애애에

라고 하는 것이었다. 에애 에애애에를 할 때마다 그는 네모난 건전지를 꺼내 그 양극(⊕⊖)을 자신의 혀끝에 지그시 대고는 했다. 그러고선 에애 에애애에,라며 몸을 부르르 떨었다. 저기, 따갑지 않나요?라고 묻자 그가 불쑥 건전지를 내밀었다.

이건 9볼트야.

과연 건전지에는 9볼트라는 표시가 되어 있었지만, 나는 조금 난감한 기분이었다. 느끼기에 따라, 그것은 분명 8월의 밤하늘이

잠시 소강상태에 빠질 정도의 거대한 전압이었다. 이렇게 해본
적 있니? 그가 물었다. 아니요. 다 똑같은 전지라고 생각하겠지?
그렇지 않아, 메이커에 따라 맛이 다 다르지. 에너자이저도 알카
라인도… 뭐 가장 좋아하는 건 로케트지만 에애 에애애에.

넌 왜 핼리를 기다리냐? 알아서… 뭐하려고요, 생각이 들었지
만 이런저런 대답을 되는대로 둘러댔다. 글쎄요, 핼리가 오면…
드라마나 쇼프로, 그런 거… 또 인간은… 그래도 누군가는 살아
남겠지만… 그 전에 지구가 어떻게 될래나. 아무튼… 글쎄요,
잘 모르겠어요. 저는 두개골에 금이 간 적이 있어요. 맞아서…
뭐 그런 것보다… 그런 짓을 해놓고도 드라마를 보잖아요. 시청
자의견을 남기고, 또 모여서 너도 그거 봤냐? 모여서 애기하
고… 막, 비슷한 척하고… 그런 건 뭐랄까… 실은 자기 생각만
하면서, 그렇잖아요. 그런 거… 누군가 살아…남으면 또 마찬가
지겠지만… 글쎄요, 모르겠어요. 그래도 최소한

학교 같은 건 없어지지 않을까요?

그렇구나, 하고 그는 에애 에애애에, 고개를 떨며 끄덕였다.
그런데 그건… 왜 하는 거예요. 아, 이거? 귀 뚫은 걸 처음 보나
보구나. 글쎄 개인적으론 어울린다 여기는데… 아무래도 내 모
드는 크롬 계열이라 여기거든. 금속 알러지가 없다는 증거기도

하고, 하긴 바보들은 내 피부가 연해 보인다고도 하는데 천만의 말씀이지. 에애 에애애에. 아니, 그거 말고 그거요. 이거? 그리고 그는 건전지를 빤히 바라보았다. 에애 에애애에. 에애 에애애에. 그리고 연거푸 몸을 떨며 그것을 혀에 문질렀다. 이러면 확실히

기분이 좋아.

씩씩 숨을 쉬며 그가 미소를 지었다. 맛이 갔구나, 생각했는데 그가 물었다. 너 지금 날 이상하다고 여기는 거냐? 조금 전까진 이상했지만, 이젠 위험하다는 생각이 들었다. 아뇨, 그럴 리가요. 그래, 너와는 좀 얘기가 될 것 같구나. 바보들은 내버려두고 우린… 그냥 얘기나 좀 나눌까? 뭐, 싫으면 싫다고 얘기하고. 조금 전까진 싫었지만, 이젠 싫어할 수 없다는 생각이 들었다. 모아이를 한번 바라본 후, 나는 좋다고 고개를 끄덕였다. 에애 에애애에. 도합 여덟 개의 이어링이, 파르르 진동을 시작했다.

늘 모임에 나오긴 해도 말이야, 저런 바보들하곤 생각이 다르단 말씀이지. 저 새끼 봐, 저게… 뭐하는 짓이냐고. 에애 에애애에. 가서 꼬리뼈를 내지르고 싶긴 하다만 참는 거야. 열쇠를 저 새끼가 갖고 있으니까… 나가는 길도, 어차피 그래서… 에애 에애애에. 뭐, 미안하지만 난 앞뒤 생각 없는 그런 놈이 아니거든.

저기 저 녀석은 너 친구지? 여기서 한… 다섯 번은 본 거 같다, 저 새끼도 저거… 저렇게 돌아앉아 뭐하고 있는지 아냐? 에애 에애애에. 밤새 숟가락 구부리고 있어. 나 참… 잘난 척은, 저 새끼. 유리겔라한텐 잽도 안되면서… 그거 아냐? 다들 문제있는 놈들이란 거. 문제 많아. 아무튼 다들 핵심을 놓치고 있다면 실례의 말씀일까? 에애 에애애에.

저 새끼들의 문제가 뭔지 아니? 다들 세상이 잘못된 거라 생각한다니까. 나 참, 이쪽으로 와봐. 여기… 전망이 한눈에 보이니까. 에애 에애애에. 에애 에애애에. 자, 미안하지만 세상은 하나도 잘못되지 않았습니다요. 세상이 왜, 어쨌다는 거지? 저걸 봐. 돌을 갈아 사냥이나 하던 우리가 어떤 세계를 만들었는지. 도로를 만들고, 구역을 만들고, 콘크리트를, 설계와 건축을, 응? 항만항공을 건설하고, 체계적인 무역을 하고, 에애 에애애에. 법률과 조례… 응? 국제법을 만들고, 자동차와 저 건물들을 봐, 저 속에 전부 전기와 인터넷이 공급되고 상수도와 하수도가 연결되어 있어. 저 바보들이 도시의 지하는 어떤 걸까, 상상이나 한 적이 있겠냐구? 흥, 투시도를 본다면 입이 열 개라도 할 말 없을 걸? 이게 전부가 아니잖아. 공항과 공항 사이를, 나라와 나라를, 대륙과 대륙 사이를 매일매일 응? 에애 에애애에. 그런데, 지금 듣고 있습니까?

지구라는 곳이 말이에요, 응? 세균이 참 번식하기 좋은 곳입니다요. 알지? 그 정도는 배웠을 테고. 바이러스는… 운석에도 막 묻어들어오고 그래요, 중력, 또 중력하고도 인간은 얼마나 싸워왔냐고. 추락이 일상다반사로 일어나는 곳이 지구란 말씀이야. 에애 에애애에. 응? 암과 AIDS, 뭐 위염이나 궤양, 설사, 장염, 고혈압, 동맥경화, 응? 뭐야… 또 저혈당, 뇌졸중, 결핵, 후두염, 에애 에애애에. 천식, 페스트, 콜레라, 장티푸스… 하여간에 많습니다. 또 뭐? 파라티푸스, 디프테리아, 폴리오, 홍역, 풍진, 간염, 파상풍, 말라리아, 인플루엔자, 비브리오 패혈증, 공수병, 레지오넬라, 렙토스피라, 쯔쯔가무시… 에애에에 애 에애애에에애. 예? 그러니까 금속 알러지도 있고 한 것들이… 평균수명 칠팔십세까지… 예? 뭐 실례지만, 얼마나 노력하고 있는지 아십니까? 의학과 약학의 종사자들이 지금도… 에애 에애애에. 하물며 피를, 서로 피를 나눠가며 서로의 삶을 보존해주고 있습니다요. 민간인들조차도, 그런 인류의 힘을 터득하고 있다는 말씀. 말하자면 에애 에애애에.

인더스트리얼, 인더스트리얼 아냐? 아시냐구요. 산업이 그냥 발전한 게 아니잖아. 말하자면 동력도 운송수단도 모두 그냥 얻어낸 게 아니라는 거야. 봐, 작은 바퀴 하나에서 응? 어떤 결과들을 도출했는지. 넌 식기세척기가… 실은 얼마나 복잡한 작동원리를 가진 건지 아십니까? 예? 에애 에애애에. 산업과 기업이 없었다면 인구의 절반은 굶어 죽었을걸. 아마도 말입니다, 그렇다고 나머지가 무사해? 어림없지, 어림없어, 어림없습니다. 에애 에애애에. 제약도 의료기관도 산업이 없었다면 말짱 꽝이야. 너는 간암, 나는 위암, 저 바보들 전부 이미 죽은 목숨들. 뭐 지극히 운좋은 인간들만 살아남겠지만… 그래요, 경쟁은 줄고 하겠지만 스트레스는 아마 더할걸? 넌 야생에서 쥐와 싸워 이길 자신 있나요? 그래, 말은 잘하겠지. 하지만 난 없습니다. 에애 에애애에. 이거… 이거… 전지가 다되었네요.

뒤적뒤적. 하아, 이건 산요 겁니다. 그래도 오늘은 스페셜 데이니까, 로케트… 찾았습니다요. 하아, 하아. 즉 내 말은… 저것들은 전부 얼간이들이란 거야. 뭐 실례의 말씀입니까? 과연 그렇다면 죄송하지만, 어쨌거나 뒤졌다는 겁니다. 예, 경쟁에서… 그렇다고 누가 감금을 하냐, 아님 불이익을 줬냐구? 웅? 전기도 인터넷도, 교육의 기회도, 하다못해 로또를 살 기회도 주지 않았냐 이겁니다. 에애 에애애에. 염치가… 인간이 염치가 있어야지. 발전(發電)을 해본 적 있습니까? 자연상태에서 개인의 힘으로 한번이라도 전기를 만들어봤냐 이 말씀이야, 내 말은… 9볼트도 만들어본 적 없는 것들이 좀 뒤처졌다 싶으면 에? 에애 에애애에. 220볼트를 밥먹듯 쓰면서 인류가 어쩌니 세계가 어쩌니… 저러고 앉아서 핼리가 와서 다 쓸어야 된다는 등 뻘짓을 해대니 난들 미치겠지요. 그래서 내가… 얘기하는 겁니다. 할 일은 하자고, 응? 지금 듣고 있냐?

좀 전쟁을 하면 어때, 분쟁이니 억압이니… 인간의 이기니, 집단의 폭력이니… 좀 있으면 어떠냐 이거야, 이 정도의 씨스템을… 응? 위성을 사용하게 해주고 하는데, 학살? 범죄? 좀 있으면 어떠냐는 겁니다. 에애 에애애에. 유엔을 만들고요, 유네스코를 만들었어요… 인류는… 하아, 하아, 내려다봐 저 도시를… 그리고 감히 세상이 어떠니… 그러지 말라는 겁니다. 아시겠어요? 에애 에애애에. 에애 에애애에. 에애.

나는 고개를 끄덕였다. 다른 생각은 할 수 없었고, 빨리 밤이 지나거나 핼리가 정확히 우리 머리 위에 떨어져야 살 것 같았다. 큰 키는 아니지만 허연 살집의 거구가… 눈앞에서 숨을 몰아쉬고 있었다. 덥네… 왜 이리 덥지? 주저앉은 그가 수건으로 땀을 닦기 시작했다. 하아, 하고 에애 에애애에 하는 백발(白髮)의 그가―그래서 순간 살찐 비둘기처럼 보였다. 넌… 그래도 말귀가 통하는구나. 하아, 그리고 뒤뚱 몸을 일으킨 그가 가방을 뒤져 뭔가를 내밀었다. 자, 이거 너 줄게. 선물이야. 어쩔 수 없이 나는 손을 내밀었다. 그것은 한장의 작은 티켓이었다.

가족오락관 방청권이야.

가족오락관 알지? 예,라며 나는 말끝을 흐렸다. 가봐, 재밌을 거야. 티브이로 볼 때랑은 또 다르다니까. 티켓을 잘 접어 주머니에 넣은 후 나는 비로소 주위를 돌아볼 수 있었다. 어둠속에서, 여전히 멤버들은 같은 동작을 되풀이하고 있었다. 부스럭 덜그럭 또다시 건전지를 뒤지는 소리가 들리더니 여전히 에애 에애애에가 들려오기 시작했다. 여전히 핼리는 오지 않았고, 여전히 달은 지구를 떠나지 않았고, 여전히 내 마음은 좋지도 나쁘지도 럭키,하지도 않았다. 그런데 형… 형은 왜 핼리를 기다리는 거예요? 에애 에애애에. 에애 에애애에. 어둠속에서 무언가 허옇고, 웅크리고, 괴로운 것이 9볼트에 계속 감전되고 있었다. 이윽고 작은 목소리가 수명을 다한 수은(水銀)의 전해질처럼, 희미하게 새어나왔다.

알겠어? 나도… 잘하려고 했지만… 안 빠지는 걸 어떡해, 너 지금 돼지라고 생각했지 이 새꺄… 크롬 링 같은 거 웃기지도 않는다고… 이 개새꺄… 에애 에애애에. 에애 에애애에. 허옇고, 웅크리고, 괴로운 것이 그리고 마구 자신의 혀에 건전지를 문지르기 시작했다.

에애 에애애에 에애, 애.

그리고 순간 주위가 고요해졌다. 8월의 밤하늘이 또다시 소강 상태를 보이더니, 꿈틀—한번 크게—허옇고, 웅크리고, 괴로운 것이—꿈틀—하고 쓰러져 정지한 후에야, 서서히 운행을 재개하는 느낌이었다. 이봐요, 예? 허옇고, 드러누웠고, 움직이지 않는 것을 나는 뒤흔들었다. 아무리 흔들어도 그것은 더이상 웅크리거나 괴로워하지 않았다. 진득한 침이 묻은 두 개의 전지가 크고 두툼한 손의 언저리에서 아무렇게나 뒹굴고 있었다. 이봐요. 나는 계속 그것을 흔들었다. 여전히 그것은 움직이지 않았고, 대신 어딘가 모르게 살이 좀 빠진 듯한 느낌이었다. 에애 에애애에, 나는 소리쳤다. 마구, 소리치기 시작했다.

죽었어. 트레이드의 직원이 중얼거렸다. 삼십분이나 심장을 압박해보고, 인공호흡과 응급처치 같은 걸 해보았지만 끊어진 숨은 돌아오지 않았다. 죽었어. 다시 직원이 중얼거렸다. 중년의 신사가 다시 기도문을 읊기 시작했다. 그리고 말없이 우리는 허옇고, 드러누웠고, 움직이지 않는 것을 바라보았다. 점(點), 점 탁구공 같은 빗방울이 떨어지기 시작했다. 어쩌지? 응? 어쩌냐구? 알몸의 직원이 빗속에서 중얼거렸다.

이걸 계속 혀에 문질렀어요. 왠지 울어야 한다는 생각에 나는 울면서 건전지를 보여주었다. 허옇고, 웅크리고, 괴로워하던 것

의 가방을 뒤지자 수십개의 9볼트 건전지가 쏟아졌다. 미친 새
끼, 직원이 다시 중얼거렸다. 비는 점점 거세지고 있었다. 병렬
로, 그리고 직렬로 이어지는 빗줄기가 닿을 때마다 나는 연이어
감전되는 기분이었다.

던지자

직원이 얘기했다. 직원은 멍하니, 캐서린을 닮은 표정으로 불
꺼진 도심을 바라보고 있었다. 전부 내 책임이 돼버리잖아… 어
차피 누구 잘못도 아니고… 그러니 도와줘… 당신들도 그게 편
할걸? 아아… 72층이야… 72층이라구… 주변엔 30층도, 20층
도 수두룩하게 많아. 어디서 떨어졌는지 알 게 뭐야… 안 그래?
잘 봐, 여긴 옥상부에 경사가 있어… 미끄럼처럼 한참을 타고 벗
어나서 떨어질 거야… 방향을 알기란 정말 어렵지 않겠어? 도와
달라구… 나… 내가 무슨 잘못이야… 핼리가 왔다 치고 도와달
란 말이야…

던지죠

입을 연 것은 모아이였다. 그리고 우리는 주변을 정리하기 시
작했다. 각자의 물품을 빠짐없이 챙기고, 널려 있던 건전지들을
빠짐없이 주워담았다. 찌릿찌릿 손끝에 그런 느낌이 전해졌지만

별다른 감정은 들지 않았다. 니들은 다리를 잡아. 허옇고, 드러누웠고, 움직이지 않는 것의 등에 단단히 가방을 조여맨 후 직원이 소리쳤다. 하나, 둘, 셋 했지만 겨우 허리 높이가 고작이었다. 이 새끼 엄청 무겁네, 직원이 중얼거렸다. 한 발 한 발, 우리는 앞으로 나아갔다. 지금이라도, 부디 핼리가 와준다면 얼마나 좋을까 나는 생각했다.

셋에 미는 거다. 상체를 외벽에 걸쳐놓은 후 직원이 외쳤다. 그리고 하나 둘, 하는 순간 스르륵―허옇고, 무겁고, 걸쳐져 있던 것이 저절로 미끄러지기 시작했다. 천천히, 그러다 급격히 그것은 아래로 떨어졌다. 붕. 그리고 그것은 날았으며, 순식간에 비둘기만큼 작아졌고, 이어 탁구공 같은 것이 되었다. 얼마나 시간이 지났을까. 지구에서 오로지 탁구공만이 낼 수 있는 소리가 멀고 먼 아래에서 들려왔다.

경쾌한 소리였다.

실버스프링의 핑퐁맨

우주의 대부분은 빈 공간이래.

모아이가 말했다. 어떻게 생각해? 뭘? 태양의 크기를 유리구슬 정도로 가정했을 때 말이야… 우리 은하에서 가장 가까운 항성도 200km 정도 떨어져 있는 셈이래. 그래서? 평균적인 크기의 은하는 천억 개 정도의 별들로 이루어져 있고, 말하자면 천억 개의 유리구슬이 서로 200km의 거리를 두고 모여 있는 거지. 그 사이는 전부 빈 공간이란 얘기고.

어쩌라는 걸까?

그런데 요는, 그런 은하가 또 천억 개 정도 모여 있다는 거야.

이 우주에는 말이지. 어때, 아무렇지도 않다… 그런 생각이 들지 않아? 뭐가? 지구 같은 거 말이야… 거기서 어떻게 살든… 아니, 그런 게 정말 있기나 한 걸까? 이 지구나… 말하자면… 우리 같은 거 말이야.

정말… 어쩌라는 걸까?

어제는 라디오를 듣는데 말이야, 주말 퀴즈인가 그런 거였어. 월 장원을 놓고 결승을 치르는데 한우(韓牛)의 부위별 명칭에 대한 문제가 나온 거야. 지방이 적고 육질이 부드러운 배의 췌장근을 이르는 명칭이구요, 비육이 잘된 한우의 이 부위는 특이한 마블링의 지방을 볼 수 있다 해서 더욱 유명합니다. 한우의 특수 부위 중에서도 최상급에 속하는 이 살의 명칭은 뭘까요? 문제 나갑니다. ①번 부채살 ②번 토시살 ③번 역마살 ④번 채끝살. 자, 정답은? 정답! 하고 선수를 친 것은 3주 연속의 우승자였지. 그가 외쳤어. ③번 역마살!

왜 그랬을까? 아무리 생각해도 이유를 모르겠는 거야. 역마살이라니… 그런가 하면, 아이슈타인과 같은 인간은 $E=mc^2$과 같은 공식을 만들어내기도 해. 어쩌라는 걸까? 태양을 구슬 크기라 가정해도 생긴다는 200km의 거리감, 그런 게 느껴지지 않아? 스딸린은 줄잡아 이천만명을, 캄보디아의 폴 포트는 이백오십만명을 학살했다고 해. 그런가 하면 또 달라이 라마와 같은 인간은 수행중 달려드는 모기를 죽일 수 없을 때가 가장 괴로웠다고 말하는 거야. 나 참, 역시 그 정도의 거리감이 느껴지는 문제잖아.

어쩌라는 걸까? 그리고 그 사이는 전부 빈 공간이 아닐까,라는 게 내 생각이야. 즉 너와 나 같은 인간들은 그냥 빈 공간이란 얘기지. 그렇지 않을까? 즉, 보이지 않는 거야. 멀리서 보면 그저 아무것도 없는 캄캄한 공간… 그럼에도 불구하고 우린 이렇게 존재해. 그럼 우린 뭘까? 보이지도 않고, 아무 존재감 없이 학살이나 당하고… 영문도 모른 채 이렇게 나란히 앉아 있고… 뭐 그래서 서로에게 의지하기도 하지만… 실은 우리도 200km는 떨어져 있는 탁구공과 같은 게 아닐까? 또 그 사이는 역시나 비어 있는 게 아닐까? 왜일까… 말하자면, 어쩌라는 걸까? 그런 공간, 즉

보이지도 않는 존재들인데, 왜 이렇게 노력해야 하는 걸까? 이토록 힘든 삶을 살아야 하는 이유가 뭘까? 우주의 대부분인 빈 공간들이… 어떤 노력을 한다고는 볼 수 없잖아. 그런데도 이것은 우연일까? 이곳에 존재하고, 서로를 견제하고, 진보와 발전을 거듭하고, 자원을 이용하고, 구분하고, 차별하고, 우월해지고, 뺏고, 차지하고, 죽이는 이유가 무엇일까? 살기 위해서? 이렇게 빈 공간으로 살아남기 위해서? 저 어둠처럼

왜 우리는 그 자체로 존재할 수 없을까? 왜 우리는 반드시 생존(生存)해야만 하는 걸까? 어떤 우연이 우릴 그렇게 고안한 걸까? 인체를 통해 태어나고 길러져야만 인간일까? 반드시 그래야만 인간으로 볼 수 있을까? 영문도 모른 채 남아서 뭘 하려는 걸까? 이렇게나 멀리 떨어진 곳에서… 보이지도 않는 곳에서 말이야.

그래서 난 낙지가 불쌍해.

못, 그래서 묻겠는데 우린 왜 탁구를 치는 걸까? 생각할수록 그것은 우연이고, 생각할수록 그건 고안된 일이었어. 여기 이곳엔 왜 탁구대가 놓여 있을까? 왜 세상엔 탁구대를 제조하는 회사가, 라켓과 공을 언제든 고르고 살 수 있는 가게가 있는 걸까? 우리에겐 왜 그걸 살 수 있는 돈이 있을까? 탁구는 왜 그렇게 오랜 룰을 지니고 있는 걸까? 우린 왜 팔다리가 있을까? 우린 왜 라켓을 쥘 수 있는 손이 있을까? 우린 왜… 인간일까?

존 메이슨의 소설 <핑퐁맨>에는 불가사의한 남자가 나와. 그는 라스베이거스 힐튼에서 해고당한 후 네바다의 실버스프링으로 건너가 정착을 하지. 이럭저럭 새로운 세계에 적응한 그가 재미를 붙인 것은 볼링이었어. 동료들과 함께 그날도 어김없이 팜레이의 볼링장을 찾았지. 게임엔 늘 판돈이 걸려 있었고, 그의

팀은 바짝 상대팀을 추격하고 있었던 모양이야. 다시 그의 차례가 왔고 그는 볼을 던졌어. 관리를 잘해온 자신의 12파운드 콜롬비아 볼이었지. 탄식과 탄성이 동시에 나왔어. 그만 5번과 10번 핀의 스플릿(남은 핀과 핀 사이의 거리가 먼 경우)에 걸리고 말았거든. 퍽, 그는 외쳤어. 그리고 자신의 볼이 돌아오길 기다렸지. 레일이 돌고 곧 공은 돌아왔어. 그런데 맙소사, 그는 순간 자신의 눈을 의심하지 않을 수 없었던 거야. 그것은 지구였어.

비록 볼링공과 같은 싸이즈였지만, 그건 아무래도 지구가 확실했어. 손으로 짚자 심지어 바닷물이 손바닥을 적실 정도였지. 그는 소리쳤어. 이봐 문제가 생겼어, 이건… 말하자면 지구라구. 하지만 동료들은 플레이를 재촉했지. 승부의 고비가 되는 중요한 순간이었거든. 지구고 뭐고 간에 빨리 던져. 상대팀은 야유를 일삼았어. 할 수 없이 그는 지구를 들어올렸어. 대서양과 인도양, 태평양의 세 곳에 손가락을 끼고 그는 자세를 가다듬었지. 귀상어떼가 손가락을 무는지 중지가 따끔거렸고, 엄지 근처에선 해저화산이 폭발해 손끝이 다 얼얼한 지경이었지. 그는 볼을… 그러니까 지구를 던졌어. 지구는 보기 좋게 5번 핀을 히트했고, 스핀을 먹은 5번 핀이 또 아슬아슬하게 10번 핀을 강타했지. 럭키, 동료들은 기뻐 난리를 쳤고 결국 그는 그날의 경기를 승리로 이끌었어. 운이 좋았군. 상대팀은 순순히 그날의 술값을 계산했어. 곧 한바탕 기분 좋은 술판이 벌어졌지.

하지만 그는 마냥 기뻐할 수 없었어. 지구는 다시 돌아왔고, 그는 그것을 자신의 로커에 넣어둘 수밖에 없었으니까. 내 공을 좀 찾아봐줘요. 은회색 콜롬비아 12파운든데 그건 어디로 가고 이런 게 나왔다니까. 주인은 거칠고 자부심이 강한 남자였지. 이봐, 여기 브런스윅(레일 씨스템 제조사명)은 자네보다 갑절은 똑똑하고 정확해. 어쨌거나 레일 속을 확인한 주인이 더 큰 목소리로 고함을 쳤지. 자, 아직도 의심이 남았으면 직접 와서 보라구, 콜롬비아 똥볼 같은 게 이 속에 있나 없나! 하는 수 없이 그는 지구를 자신의 로커에 넣어두고 자물쇠를 채웠어. 누구라도 난감한 기분이 들 수밖에 없었겠지.

다음날 아침 뉴스에는 지구 이곳저곳에서 일어난 강진이 보도되었어. 숙취가 있기도 했고, 한두 번 그런 뉴스를 본 것도 아니고 해서 그는 무덤덤하게 베이컨을 씹었지. 그날 저녁에도 어김없이 볼링이 시작되었어. 긴장된 마음으로 그는 로커를 열었지. 가방에서 나온 것은 역시나 지구였어. 그날 경기에서 그는 열일곱 번의 스트라이크와 두 번의 터키를 기록했어. 그리고 다음날 히말라야 전역에서 대규모의 산사태가 났다는 뉴스를 들었지. 하지만 그것이 자신의 볼링과 어떤 상관이 있다고는 꿈에도 생각지 못했어. 네바다에서의 생활은 개인에게 그런 디테일한 고민을 허락하지 않았지. 볼링은 계속되었어.

이제 지구는 완전히 그의 볼이 되었어. 동료들도 그걸 인정하는 눈치였지. 마침 마블링 컬러의 볼링공이 대유행하던 시기여서, 아무도 지구를 의심하지 않았던 거야. 한달이란 시간이 지나갔어. 지구의 곳곳에선 대재앙이 끊이지 않았지. 서서히, 그도 이상한 낌새를 채기 시작했어. 크고 작은 균열이 그의 지구에도 어느덧 생겨나 있었거든. 지능지수가 110은 되기도 하고 해서, 그는 드디어 고민을 시작했어. 하지만 그에겐 시간이 부족했지. 이유는 생활, 바로 생활 때문이었어. 마침 이웃의 월터씨가 지붕 손질을 부탁하기도 했고, 비서실의 마거릿이 함께 술 한잔 하는 건 어떠냐고 전화로 물어왔기 때문이야. 게다가 일요일엔 추수감사절을 준비하는 대규모 예배가 있었지. 예배를 마치고 나니 또 어지간히 피곤이 몰려왔어. 부족한 잠을 자느라 또 지구에 대해선 까마득히 잊어버렸지. 다시 한주가 시작되었어. 쉴새없는 출근과 업무와 볼링이 여지없이 시작되었지. 지구가 쪼개진 것은 목요일 저녁의 두번째 경기, 초구를 던졌을 때였어. 스트라이크! 환호도 잠시, 그는 자신의 지구가 쪼개지는 걸 똑똑히 목격했어. 그때였지. 엄청난 강진을 모두가 느낀 것은. 지진은 무려 한 시간이나 계속되었어. 다행히 네바다엔 큰 피해가 없었지만 그는 그때서야 자신의 실수를 알게 되었지. 그후의 세계는 그야말로 끔찍한 것이었거든.

남미는 완전히 바닷속으로 가라앉았고, 미국의 동부도 지도에서 사라졌지. 유럽과 아시아도 절반 이상이 침수되었고, 아프리카는 세 개의 작은 대륙으로 쪼개져버렸어. 혼돈과 혼란이 가라앉기까지는 무려 8년의 시간이 지나야 했지. 세계는 비록 엉망이 되었지만, 실버스프링의 주민들은 여전히 볼링을 치고 내기를 즐겼어. 오로지 단, 한 사람을 제외하고는 말이야. 그는 두번 다시 볼링을 치지 않았어. 볼링장의 주변에도 얼씬하지 않았고, 동료들의 유혹에도 흔들림이 없었지. 이상한 일이지만 그는 대신 탁구를 치기 시작했어. 탁구는 실버스프링에서, 아니 팜레이에서도 무척 외로운 스포츠였지만, 그는 주변의 시선에 아랑곳없이 탁구로 여생을 보냈다고 해. 그래서 사람들은 그를 실버스프링의 <핑퐁맨>이라고 불렀다는 얘기야.

그래서, 지구는 그후로 괜찮았던 거야?

그건 모르겠어. 이야기는 거기서 끝이거든.

그런 이야기를, 했다. 여름이 끝나면서 우리는 눈에 띄게 말이 많아졌다. 쉴새없이 말을 하고, 쉴새없이 이야기를 들었다. 드라마와 쇼프로를 보기도 했다. 별다른 이유가 있어서가 아니라, 쉴새없이 말을 하기 위해서였다. 말을 하지 않으면 견딜 수가 없었다.

트레이드에서 돌아온 다음날, 클럽은 폐쇄되어 있었다. 플래시도 음악도 없이—쎌러브레이션을 부를 때의 쿨 앤 더 갱처럼 즐겁게 살렵니다. 서기 3001년 재오픈—정지된 바탕화면을 배경으로 클럽의 초기화면은 굳게 잠겨 있었다. 그 고요한, 흑인들의 노래하는 얼굴이 나는 그렇게 무서워 보일 수 없었다. 그리고 나는

탁구를 칠 수 없었다. 방학이 끝나고 정신없이 새 학기가 시작된 것도 이유는 이유였지만, 자꾸 그 소리가—그 허옇고, 무겁고, 떨어진 것이 내던—경쾌한 소리가 귓속을 떠나지 않아서였다. 요즘엔 하늘에서 뭐가 많이 떨어지네… 신문을 탁 펼치고 앉아 학

원의 수위가 중얼거릴 때는 숨이 다 멎는 느낌이었다. 정밀 수사
에 착수, 쏟아진 폭우로 수사에 어려움 따라 - 신문의 헤드라인을
훔쳐보며 나는 미미한, 그러나 강렬한 감전을 몸소 경험해야만
했다. 에애 에애애에. 보이지 않는 누군가가 나의 심장에 건전지
의 양극(⊕⊖)을 문질러대는 기분이었다. 에애 에애애에, 에애.

짝짝짝짝짝짝짝짝

전체 조례에 서 있는 그 순간이, 그래서 그렇게 편안할 수 없
었다. 처음이었다. 육십억에게, 오만구천이백사명에게, 천구백
삼십사명에게, 육백삼십육명에게, 마흔한명에게 둘러싸여 있는
일이 - 그래서 무척 따뜻하고 다행스럽게 여겨졌다. 다수인 척,
나는 옆의 아이에게 말을 걸기도 했다.

상 받는 애들… 좋겠다… 그지?

힐끗 나를 흘겨본 안경잡이는 대꾸도 없이 다시 앞을 바라보았
다. 그, 200km의 거리감 같은 것이 - 팔이 닿을 수도 있는 서로
의 어깨와 어깨 사이에 광활하게 펼쳐진 느낌이었다. 태양계를
벗어날 우주선을 발사하는 심정으로, 나는 치밀하고 조심스레 다
시 말을 걸어보았다. 방학 땐 뭐 했니? 여전히 정면을 주목하고 있었
지만, 안경잡이의 얼굴엔 초조한 기색이 역력했다. 이상한 일이

었다, 나는 자꾸, 자꾸만 말을 하고 싶었다. 난 탁구를 배웠어, 넌?

말 걸지 마 쪼다 새꺄!

휙, 고갤 돌린 안경잡이는 곧 울어버릴 것 같은 얼굴로 그렇게 속삭였다. 나는 놀라 고갤 돌렸지만, 이상할 정도로 마음이 편안해졌다. 알리바이가 있다는 건 이런 것일까? 이렇게 차근차근, 확보해가면 되는 걸까? 태양이란 유리구슬의 천만분의 일도 안 될 우주선처럼, 그 200km의 거리 사이에 나는 정처없이 떠 있었다. 야, 무슨 말 나눈 거냐? 안경잡이의 주변에서 누군가가 속삭였다.

몰라, 방학 때 탁구 배웠댄다. 묻지도 않았는데

모두가 힐끗 돌아볼 정도의 목소리로 안경잡이가 얘기했다. 킥킥킥킥 하는 웃음소리가 사방에서 쏟아졌다. 조례가 끝나자 다수의 아이들이 안경잡이의 곁으로 몰려들었다. 장난을 치며 아이들은 교실을 향했다. 텅 비어가는 운동장의 한편에서 나는 잠깐 하늘을 올려다보았다. 가을이 시작된 하늘은 허무할 정도로 높고, 깊고, 비어 있었다. 우주의 대부분은 빈 공간, 인간과 인간의 사이도 대부분은 빈 공간이야. 결국 스스로에게 말을 걸고, 나는 고개를 끄덕였다. 교실로 돌아가는 길이 은하와 은하 사이처럼 멀고도 아득했다.

예전의 컨디션을 찾은 것은 경찰의 발표가 있고 나서였다. 그 허옇고, 떨어지고, 부서진 것의 핸드폰에서 경찰은 중요한 단서를 찾아내었다. 그것은 아마도-마리의 전화번호였다. 곧, 여자친구의 투신자살을 비관한 자살로 경찰은 사건을 매듭지었다. 투신장소는 인근 빌딩의 어딘가로 추정되었고, 통화내역으로 미뤄볼 때 원조교제를 시작으로 사랑이 싹튼 게 아닐까-경찰은 단정지었다. 수십개의 건전지에 대해선 이렇다 할 얘기가 없었다.

생존해야 해.

모아이가 중얼거렸다. 인간의 해악(害惡)은 9볼트 정도의 전류와 같은 거야. 그것이 모여 누군가를 죽이기도, 누군가에게 상처를 주기도 하는 거지. 그래서 다들 다수인 척하는 거야. 이탈하려 하지 않고, 평형으로, 병렬로 늘어서는 거지. 그건 길게, 오래 생존하기 위한 인간의 본능이야. 전쟁이나 학살은 그 에너지가 직렬로 이어질 때 일어나는 현상이지. 전쟁이 끝난 후에도 수만 볼트의 파괴자가 남아 있을까? 학살을 자행한 것은 수천 볼트의 괴물들일까? 그렇지 않다고 생각해. 전쟁이 끝난 후에 남는 건 모두 미미한 인간들이야. 독재자도 전범도, 모두가 실은 9볼트 정도의 인간들이란 거지. 요는 인간에게 그 배치를 언제든 바꿀 수 있는 이기(利己)가 있다는 거야. 인간은 그래서 위험해.

고작 마흔한명이 직렬해도 우리 정도는 감전사(感電死)할 수 있
는 거니까.

그래서 생존해야 해. 우리가 죽는다 해서 우릴 죽인 수천 볼트
의 괴물은 발견되지 않아. 직렬의 전류를 피해가며, 모두가 미미
하고 모두가 위험한 이 세계에서 ─ 그래서 생존해야 해. 자신의 9
볼트가 직렬로 이용되지 않게 경계하며, 건강하게, 탁구를 치면
서 말이야.

실버스프링의 핑퐁맨처럼?
실버스프링의 핑퐁맨처럼.

벌판의 끝을 바라보며 나는 기지개를 켰다. 우선 상체를 젖혀
팔을 활짝 뻗은 다음, 주머니에 손을 찌르고 다리를 끝까지 내뻗
었다. 하품이 나왔다. 그렇게 릴랙스한 손끝에 순간 딱딱한 종이
의 질감이 느껴졌다. 지폐와는 다른 그것을, 나는 꺼내보았다.
가족오락관 방청권이었다. 인쇄된 고딕의 글씨체를 물끄러미 바
라보다가

다시 그것을 집어넣었다.
우리는 랠리를 시작했다.

인디언 써머·높을 탁(卓) 공 구(球)·강림

이상한 가을이었다.

벌판의 끝에선 공사가 끝이 났다. 완공(完工)이란 곧, 돌이킬 수 없음을 뜻하겠지? 모아이가 중얼거렸다. 하아, 하고 숨을 뱉었지만 대답은 할 수 없었다. 숨을 쉬기 힘들 만큼 많이 맞아서였다. 예정대로 주상복합단지가 완공되었을 뿐인데, 벌판의 생태계는 달라져 있었다. 그런, 느낌이었다. 돌이킬 수 없겠지,라고 나는, 뇌의 어딘가를 사용해 중얼거렸다. 많이, 맞았다. 나라는 이름의 생태계도 어딘가 모르게 달라졌겠지.

이해가 가냐? 백오십까지 달리게 왜 만들어놨냐고. 제한속도는 팔십으로 때리면서… 그럼 아예 오토바이를 팔십밖에 못 달리게 만들든가… 안 그냐? 안 그냐,라고 씩씩거린 후 때렸다. 침을 뱉어가며, 때렸다. 둘러싸서, 밟았다. 나는-무지개를 보았다. 눈을 감고 있는데도, 보였다. 그것은 무엇이었을까?

그만 까, 죽겠다,라고 침을 뱉듯 종모가 중얼거렸다. 어떻게… 알았을까? 그리고 왜, 죽이지 않는 걸까? 저런 생각까지 할 수 있게끔, 왜 만들어놨을까. 아예 죽이게끔 만들어놓든가… 안 그러냐고, 나는 뇌만을 사용해 중얼거렸다. 분하지도, 억울하지도 않았고, 그래서 나는 안타까웠다. 신은, 팔십밖에 못 달리는 오토바이를 만들었어야 했다. 위스콘신에도 휴스턴에도 없는, 신은.

이상한 가을이었다. 눈을 감고 무지개를 보았고, 격하게 달려가는 오토바이의 배기음을 들었으며, 그리고 한참을 죽은 듯 누워 있었다. 그것이 전부였다. 그리고 우리는 이상할 정도로 편안해졌다. 1738345792629921:1738345792629920의 세계가 다시금 1738345792629921:1738345792629921로 굳어지는 기분이었다. 무지개 따위가 있을 리 없는 하늘을 바라보며, 이젠 나도 지루하다는 생각이 들었다.

그길로 종모는 식물인간이 되었다. 커브길에서 중앙선을 넘은 트럭과 충돌했고, 오토바이와 함께 오토로 붕, 십여 미터를 날아가 땅으로 떨어졌다, 했다. 말도 마, 그 새끼 정말 돌빡이라니까. 트럭 문짝이 푹 패었지 뭐냐? 패거리 중 하나가 떠드는 소릴, 들었다. 기쁘지도, 홀가분하지도 않았고, 그래서 나는 안타까웠다. 신은, 팔십밖에 못 달리는 오토바이를 만들었어야 했다. 위스콘신이나 혹은 휴스턴에 산다던, 신은.

이상할 정도로 안락한 생활이, 그래서 한동안 계속되었다. 아무도 건드리지 않고 아무도 접근해오지 않았으므로, 정말이지 스스로가 빈 공간이 된 느낌이었다. 청소를 하는 아이들이 내 곁을 왕복했다. 매점을 향해 뛰어가는 아이들이 내 곁을 통과했다. 음악실을 향해 이동하는 아이들이 다수로, 한꺼번에 나를 지나갔다. 그리고 급우들은 이런 아름다운 노래를 합창했다. 나,라는 이름의 빈 공간을, 노래는 순식간에 통과해갔다.

청라 언덕과 같은 내 맘에 백합 같은 내 동무야
저녁 조수와 같은 내 맘에 흰새 같은 내 동무야
꽃진 연당과 같은 내 맘에 금어 같은 내 동무야
밤의 장안과 같은 내 맘에 가등 같은 내 동무야

병렬의, 9볼트 전류 같은 것이 가슴을 흐르는 기분이어서, 나는 순간 그렇게 무서울 수가 없었다. 백합 같고 흰 새 같은, 그래서 입을 벙긋이는 저 금어(金魚)들이, 그래서 무서웠다. 직렬해서, 언제 갑자기 가등을 켤지 몰라―밤의 장안과 같은 나는 더욱 두렵고 무서웠다. 숨을 죽여가며, 그래서 나도 입을 벙긋였다.

가등이 늘어선 거리를 따라 우리는 다시 <랠리>를 찾았다. 세끄라탱은 변함없이 우릴 맞아주었고, 우리는 함께 중국냉면을 사먹었다. 냉면이라구요? 김이 무럭 나는 주방 속에서 주방장이 고갤 내밀었다. 냉면이요, 세끄라탱이 고갤 끄덕였다. 그건 여름 메뉴라… 재료가… 어쩌고 하더니 괜찮겠습니까?라고 다시 물었다. 괜찮다고, 우리는 다시 고개를 끄덕였다. 빙하기에 출몰한 세 마리 파충류를 본 듯한 얼굴로, 주방장은 다시 고개를 집어넣었다. 잠시 후 냉면이 나왔다. 냉면은 응달에 앉은 도마뱀의 피부처럼 차고, 질기고, 시원했다.

완공기념 축제에 연예인이 왔었나봐요. 그걸 보러 가다가 사고가 난 거예요. 저런, 하고 세끄라탱은 혀를 찼다. 덕분에… 아주 편해졌어요, 학교에서. 알고 있다. 세끄라탱이 고개를 끄덕였다. 그리고 더는 할 말이 없었다. 재스민을 마시며 <吉> <和> <壽> <福> 곳곳에 붙은 금박의 글씨를 바라보다가… 트레이드에서의 일을 말할까 어쩔까 망설이는데 세끄라탱이 다시 고개를 끄덕였다. 알고 있다. 뭘요? 찻잔을 내려놓으며 세끄라탱이 혀를 내밀었다. 에애 에애애에. 그걸 어떻게 아셨어요? 언뜻 검어 보이는 눈동자를 깜박이며 세끄라탱이 얘기했다. 난, 밤말을 듣는 쥐.

그리고 우리는 탁구를 쳤다. 핑퐁 핑퐁, 핑퐁 핑퐁… 오랜만에 듣는 랠리의 소음이 저녁 조수를 찾은 흰 새처럼 내 마음을 파고들었다. 물끄러미 우리를 바라보던 세끄라탱이 짝짝 박수를 치며 말했다. 좋은 랠리야… 하지만 비둘기를 이길 수 있을까? 우리는 무시하고 랠리를 이어갔다. 핑퐁 핑퐁, 저녁 조수를 찾은 내 마음의 흰 새가 부지런히 녹색의 호수 위를 날아 건너곤 했다.

말하자면, 가을의 대부분은 탁구를 쳤다고 할 수 있다. 그리고 역시나 학교를 다녔다고 할 수 있다. 말하자면, 말하기가 무색할 정도의 평범한 가을이었다. 소소한 생활 속에서 물론 소소한 사건들이 나를 찾아왔지만―가등을 원치 않는 밤의 장안 같은 마음으로 나는 그것들을 통과시켰다. 따도 폭력도 사라진, 그래서 모처럼 살 만한 가을이었지만―이번 가을은 참 이상해, 하고 탁구를 치며 중얼거렸다. 왜 그럴까? 모아이가 물었다. 말하자면… 지루해… 넌? 모아이는 말없이 공을 넘길 뿐이었다. 핑퐁 핑퐁, 핑퐁… 지루하지 않은 것은 탁구뿐이었다. 핑퐁 핑퐁, 핑퐁… 그런, 가을이었던 것이다.

그럼에도 불구하고―나는 가을의 일들에 대해 비교적 소상히 말하려 한다. 말해야 한다고, 생각한다. 듀스포인트의 그 세계가,

끝으로 어떻게 진행되었는지를. 생체농축과 먹이사슬을 통해, 극지의 우리에게 어떤 식으로 전이되었는가를—이라고는 해도, 정말이지 아무 일도 없던 가을이었다. 1738345792629922번째의 가을은 역시나 그런 것이었다. 핑퐁 핑퐁… 누구라도 바쁘게 핑퐁 핑퐁… 오가고 오가며 핑퐁 핑, 퐁… 구태여 말하자면

이틀의 흐린 날과 열이레의 맑은 날이 있었다.

누구라도
탁구를 치기에 더없이 좋은 씨즌이었다고, 나는 생각한다.

전교학생회장을 다시 만나기도 했다. 우연한 만남이었고, 쉬는 시간의 복도에서였다. 어, 넌… 탁구부…였지? 하고 다가와 반갑게 말을 걸었다. 연임을 위해 새 학기의 회장직에 다시 출마했다고, 했다. 그래서 잘 부탁해… 추진중인 프로젝트를 마무리 짓게 꼭 좀 도와줘… 학교를 위한 거니까… 나 전교생이 이용할 수 있는 볼링장 건립을 추진중이야… 선배들을 일일이 찾아다니며 설득하는 중이고—라고 했다. 나는

가만히 있었다

인력자원부에서 일하는 선배 한분이 다음에 꼭 함께 일하자더

군. 내가 꿈꾸던 일이기도 해서 이참에 결정을 내렸지 뭐야. 나
야 뭐 학교를 위해 나선 것뿐인데… 아무튼 교장선생님도 추천
서를 써주겠다 약속하셨고… 뭐, 자평은 그렇지만… 그래서 부
탁하는 거야. 큰 사고 없이 지난 학기도 잘 마무리지어졌고…
뭐… 뇌가 이상한 일학년들은 내가 개인적으로 잘 설득하는 중
이야. 아무튼 임기를 잘 마쳤다는 생각인데… 어때, 네 생각은?
나는

　　가만히 있었다

　목을 우두둑, 꺾던 버스기사를 C지구의 서점 앞에서 만난 적
도 있었다. 후줄근한 점퍼 차림이었고, 비도 오지 않는데 커다란
접이우산을 들고 있었다. 함께 횡단보도를 건너고, 같은 방향을
이백 미터쯤 나란히 걸었다. 그는 단지 조금 늙었을 뿐이었다.

　지갑을 주운 적도 있었다. 신분증은 없고, 삼만이천원의 돈이
들어 있었다. 그건 가오리가죽이야라고, <아프리카>의 점원이
알려줬다. 좋은 일이 자꾸만 생기는구나, 미소를 지으며 주인이
얘기했다. 나는

　　가만히 있었다

유니폼을 바꾸러 간 마트에서 양호선생을 발견하기도 했다. 마트의 여직원과 한참 언쟁을 벌이더니 갑자기 버럭, 언성을 높였다. 야, 너 몇살이야? 언젠가 많이 맞은 날 나는 양호실을 찾은 적이 있었다. 몇학년이니?라고 그녀는 물었었다.

늦은 밤, 메트로폴리스의 편의점에서 점장의 부인을 만나기도 했다. 건강하고, 건재한 모습으로 카운터에 앉아 있었다. 옆에는 또래의 남자 하나가 몸을 기댄 채 서 있었다. 음료수를 내밀고 계산을 끝내자 두 사람이 동시에 <안녕히 가세요>라고 했다. 그러고 보니

대부분의 사람들이 안녕했던 가을이다.

집 근처의 버스정류장에서 안마를 해주던 노인과 마주치기도 했다. 유연한 얼굴로, 요즘 통 보기가 힘드네요 – 라고 했다. 나는

가만히 있었다

모아이는 이사를 했다. 나와서, 이제 혼자 아파트를 쓸 거라고 했다. 대충 동네라든지, 그 언저리에 대한 설명을 듣긴 했는데 놀러 가겠다고는 하지 않았다. 대신 나는, 언제… 우리집에… 뭐… 괜찮으면… 한번… 놀러… 오라고… 했다. 모아이는 고개를 끄덕였다.

모아이의 할아버지는 미국으로 건너갔다. 가서 냉동될 거래, 모아이가 얘기했다. 모아이는 존 메이슨의 소설 두 편을 나에게 더 들려주었다.

갑자기 말을 걸어온 사람도 있었다. 돌아보니 아니라고 했다. 수염을 깎지 않은 서른 중후반의 남자였다.

예외없이 은행잎이 노랗게 물들었다.

출근하는 수많은 회사원들을 보았다.

운동화 세탁전문점에서 아주 예쁜 여자애를 본 적도 있었다. 여자애는 두 켤레의 스니커즈를 맡기고, 살균·항균이 끝난 한 켤레의 농구화를 찾았다. 가게 안에는 주인 아줌마와 두 명의 주부, 한무리의 여고생들이 있었는데 다들 예쁘다며 한마디씩 수군거렸다. 아니에요, 난감한 얼굴로 여자애가 자리를 떴다. 그런데 코가 좀 퍼진 느낌이지 않니? 다리도 짧은 편이야. 허리가 긴 거야 얘. 여고생들이 속닥였다. 피부가 좀 그래, 하고 두 명의 주부도 고개를 끄덕였다.

세끄라탱을 학교에서 만난 적도 있었다. 서로 주춤, 했지만 서

먹하게 몇마디 대화를 나누었다. 웬일이세요? 응, 아무래도 쌍둥이를 전학시켜야 할까봐. 왜요? 교장 전화를 받는 것도 지겹고… 또… 큰애가 있거든. 걔가 동생들과 함께 다니는 게 싫은가봐. 원래의 푸른 눈동자로 복도를 응시한 후, 세끄라탱은 교무실을 향해 걸어갔다. 주춤,하고 서 있다가 나는 교실 쪽으로 발길을 돌렸다.

두 명의 감기환자를 보기도 했다. 버스에서 내릴 때까지, 끝없이 끝없이 재채기를 하며 콧물을 훌쩍거렸다.

편의점의 점장은 약간, 말수가 줄었다. 그런 느낌이었다.

레저 채널에서, 오오래, 지난여름의 피서지 풍경을 보여주기도 했다. 인류,라고 해도 좋을 정도의 많은 사람들이 개미의 군락처럼 바닷가에 모여 있었다. 의외로

지난여름은 즐거웠던 것인지 모른다. 지난 세계도

말하자면 즐거운 것이었을까? 분식집 뒤편의 작은 공터에서 앞치마를 두른 남자가 말을 걸어온 적도 있었다. 니네 집 돈 많냐? 비오듯 땀을 흘리고 있었고, 입에는 담배를 물고 있었다. 나는 가만히 있었다. 남자는 퉤 하고 침을 뱉더니 주방으로 들어갔다.

구시가지의 중국집은 중국냉면의 판매를 중단했다.

일곱 명의 아이가, 나란히 목마를 타는 모습을 보기도 했다.

오이마싸지를 받는 두 명의 노파를 보았다.

좋은 랠리는 오가는 공의 동선(動線)을 보면 알 수 있어. 가장 멋진 건 나선형의 띠 같은 선을 창출하지. 고대에 그것은 새로운 유전자를 만드는 방법으로 쓰였어. 세끄라탱이 얘기했다. 새로운 유전자 같은 쌍둥이들이, 마침 <랠리>를 찾아온 날이었다.

강당 쪽의 화장실에서 안경잡이를 만나기도 했다. 어젯밤 리플달기에서 아홉 번이나 일등을 먹었다고, 했다. 와 대단하다고, 나란히 병렬로 선 또다른 안경잡이가 소변을 튀기며 낄낄거렸다.

안 본다는데도, 자꾸만 벨을 누르며 신문을 보라고 했다.

주말드라마에서 여주인공 하나가 죽었다. 그리고

치수의 호출이 있었다. 한밤중이었고, 공중전화로 걸어온 전

화였다. 오랜만이다 못, 잘 지냈냐? 잘 지냈다고 나는 대답했다. 여
기 거기야, 쎄븐일레븐. 치수는 커피를 마시고 있었다. 오분이
넘게 아무 얘기를 하지 않아, 오분이 넘도록 우두커니 서 있었
다. 도대체… 어떻게 된 거냐? 치수가 물었다. 뭘? 애새끼들이 전
화 안 받아. 나는 종모의 사고소식을 전해주었고, 나머진 모르겠
다고 얘기했다. 그랬구나, 치수가 고개를 끄덕였다. 하기야

    그런 게 살아 있음 뭐하겠니? 안 그러냐? 종이컵을 구겨던지
며 치수가 환하게 웃었다. 너도 마실래? 괜찮다고는 했지만 치
수가 굳이 커피를 뽑아주었다. 까불더라니 자식… 하긴 쓰레기
주제에 보상금이라도 받으면 어디야. 그리고 다시 아무 말도 하
지 않았다. 치지직, 쎄븐일레븐의 전광판 속에서 수명을 다한 형
광등이 기분 나쁜 느낌으로 치직거렸다.

    못… 혹시 달한테서 전화 같은 거 오지 않았냐? 치수가 물었
다. 아니,라고 나는 대답했다. 치수는 담배를 꺼내물었다. 아, 그
년이 내 전화길 들고 도망갔거든. 니 펀번호가 속에 있으니 혹시
해서… 전화기 좀 줘볼래? 뚜뚜 뚜뚜뚜 그리고 치수는 자신의
번호로 몇번이고 전화를 걸었다. 신호는 갔지만 끝끝내 연결은
되지 않았다. 휙, 꽁초를 집어던진 후 치수는 새 담배를 꺼내물
었다.

여기서 놀던 년이라 이 동네 어디 있을 텐데… 못, 네가 메씨지 좀 남겨줘야겠다, 니 목소리로. 그러니까… 나한테 거는 걸로 해서, 왜 연락이 안되냐며 얘기한 백만원… 아니 이백 정도로 하자, 준비했으니까 가져가라고 해. 돈이라면 사족을 못 쓰는 년이니까. 자연스럽게, 자연스럽게 해야 해. 알았지? 자 연습 한번 해봐. 그래서 나는, 해야 했다.

저기… 치수니? 얘기한 돈… 그거 이백만원…

장난치냐? 치수의 음성이 싸늘하게 변했다. 이봐 못… 지금 이렇게 장난칠 상황이 아니야, 이쪽은 심각하다구. 그래도 남의 처지를 조금은 헤아릴 줄 알았는데… 친구로서 뭐 그 정도는 도와줘야 하는 거 아니냐? 응? 그래서 나는, 다시 해야 했다. 될 때까지, 새벽의 정적 속에서, 치수의 지도를 받으며… 될 때까지.

치수야, 나 못. 얘기한 이백만원 맞춰놨거든. 나 통장 그런 거 할 줄 모르니까 와서 찾아가. 오기 힘들면 친구를 보내든가. 그건 그렇고 왜 전활 안 받아? 이씨, 받기 싫음 이 돈 내가 써버린다.

메씨질 남기고 나자 호흡곤란이 찾아왔다. 하아하아, 나는 쪼그린 채 한참이나 숨을 몰아쉬었다. 삑. 그때 문자가 들어왔다. 문자를 확인한 건 치수였지만, 문자의 내용에 대해선 감을 잡을 수 있었다. 치수의 얼굴에서 핏기가 빠져나갔다. 치수는 가만히 앉아 있다가, 다시 담배를 한대 꺼내 피다가, 갑자기 자신의 항문 근처를 막 문지르기 시작했다. 하아하아, 그리고 치수가 입을 열었다. 야, 못⋯

니가 좀 맞아라.

그래서 나는, 맞아야 했다. 아무 말 없이 치수는 나를 때렸고, 아무 말 없이 나는 바닥을 뒹굴었다. 얼마나 시간이 지났을까. 머리칼을 움켜쥔 억센 손이 내 머리를 들어올렸다. 무표정한 얼굴을, 그래서 나는 볼 수 있었다. 천천히, 한대씩 머리를 쥐어박으며 드문드문 치수는 중얼거렸다. 나지막한 목소리가 못이 박히듯 내 머릿속을 파고들었다.

세상이 꼭 이렇다니까

던힐처럼

부드럽게 살아볼까 해도

응?

안 그러냐?

나는 누운 채 밤하늘을 바라보았다. 우주의 대부분은 빈 공간, 태양을 구슬 정도의 크기로 가정했을 때 은하에서 가장 가까운

행성의 거리는 200km, 은하에는 그런 별들이 천억 개… 하지만 그런 은하가… 그런 생각이라도 하며, 나는 누워 있었다. 이건 좀 빌려야겠다. 툭 핸드폰을 열었다 접으며 치수가 말했다. 나는 가만히 있는데 뇌의 어딘가에서 툭, 뜻밖의 말이 튀어나왔다. 뇌라고는 해도, 내 입을 통해 나온 말이어서 더욱 뜻밖의 것이었다. 왜, 왜… 날 고른 거지? 잠깐 황당하다는 표정을 짓고 난 후, 치수가 말했다.

그냥.

구태여 말하자면, 그런 일들이 있었다. 열흘 정도 못이 박힌 듯 통증이 있었고, 그 못이 빠지고 나자 한차례 비가 왔다. 예외 없이 은행잎들이 쌓여 있었다. 알고 있다, 세끄라탱은 고개를 끄덕였다. 가볍게, 나도 고개를 끄덕여주었다. 그러고 보니

이런 일도 있었다. 다시 탁구에 열중한 어느날인데 아빠, 하며 누군가 <랠리>의 문을 열었다. 그리고 서로가 주춤, 했다. 전교 학생회장이었다. 랠리를 이어가긴 했지만, 도무지 집중이 되지 않았다. 소곤소곤한 대화였지만—뺨 속에서 꿈틀대는 분홍의 국수와, 국수처럼 이어지는 얘기의 맥락을 나는 엿들을 수 있었다. 쌍둥이들의 전학 문제였다. 왜 빨리 전학을 시키지 않느냐, 특수학교를 알아보는 중이다, 그 말씀 하신 지가 언제냐, 그게 문제

가 쉽지 않다, 교장선생님도 자꾸 독촉을 하신다,였다. 흘깃 우리를 흘겨보고 학생회장이 돌아간 후 내가 물었다. 아들…인가요? 곤혹스런 표정으로, 세끄라탱은 전혀 엉뚱한 대답을 늘어놓았다. 쟤는 말이야… 엄마가 있었어. 우리는 더이상 아무것도 묻지 않았다. 그리고

이상하리만치 무더운 날씨가 이어졌다. 모아이도 나도, 반팔을 입어야 할 정도였다. 이런 날씨를 인디언 써머라고 하죠. 겨울이 오기 전 마지막 사냥을 할 수 있었던 까닭에 인디언들은 이 시기를 신의 축복이라 믿었다네요. 여자 아나운서의 빛 고운 해설이 없었다 해도, 하늘을 올려다보면 절로 그런 생각이 들 것 같았다. 버스를 타고 가며, 나는 마지막 사냥을 나서는 인디언처럼 창밖의 하늘을 음미하고는 했다. 그 하늘 밑에서

다들 열심히 살고 있었다.
말하자면
아무도 잘했다고는 할 수 없지만
아무도 잘못하지 않은 가을이었다.

1738345792629922번째의 가을은
그런 것이었다.

그, 인디언 써머의 일요일 아침이었다. 나는 한통의 전화를 받았다. 세끄라탱이었다. 저기… 말이야… 핑퐁을 시작할까 하는데… 어때, 괜찮아? 괜찮다고, 나는 대답했다. 탁구를 치기엔 정말 좋은 날씨였다. 탁구를 한번이라도 쳐본 이라면, 누구라도 같은 대답을 했을 것이다. 내가 줬던 공 잘 가지고 있니? <信和社>의 공이라면 잘, 가지고 있었다. 모아이도 오나요? 모아이도 와. 알겠어요. 그럼 벌판으로 와.

그날 따라 벌판은 광활해 보였다. 들소떼라도 지나간 듯 뜨거운 열기로 가득 차 있었고, 그 열기에 나는 가슴이 두근, 했다. 얼마 후 모아이가 도착했다. 그리고 곧, 들소를 쫓는 인디언의 행렬처럼 세끄라탱과, 전교학생회장과, 쌍둥이가 차례차례 차에서 내려섰다. 아녀하세요. 쌍둥이들이 인사를 했다. 새와 쥐 같은 얼굴의 쌍둥이들을 향해 우리도 손을 흔들었다. 전교학생회장은 아무 말이 없었다.

이걸 받아라.

캐비닛의 다이얼을 이리저리 돌리더니, 세끄라탱은 작은 함을 꺼내 우리에게 내밀었다. 함 속에는 두 개의 라켓이 들어 있었고, 역시나 <信和社>의 마크가 찍힌 펜홀더와 세이크핸드였다. 영문도 모른 채 우리는 그것을 나눠 들었다. 문득 벌판과, 수북한 각목더미와, 저 멀리 완공된 주상복합단지와, 학교 본관의 뒤편에서 시작된 볼링장의 기초공사가 한눈에 들어왔다. 갑자기… 그래서 더 미안하구나. 세끄라탱이 입을 열었다. 하지만 몇만년만의 핑퐁인지… 나도 이젠 기억이 나지 않아. 아무튼… 핑퐁을 시작하자. 그리고 나지막이 세끄라탱이 중얼거렸다.

놓을 탁(卓), 공 구(球).

세끄라탱의 시선을 따라 우리는 다 함께 하늘을 올려다보았다. 그리고 얼마나 시간이 지났을까. 너무 맑아 불안하기도 한 하늘의 저편에서, 무언가 별 같은 것이 반짝하고 나타났다. 그것은 서서히 다가왔고, 그러나 급격히 커지기 시작했다. 핼리다. 모아이가 외쳤지만 그것은 핼리,라고도 할 수 없는 <어떤> 것이었다. 뭐야, 저게 뭐냐구. 인간답게 전교학생회장이 소리쳤지만, 누구도 어떤 말을 할 수 없었다. 그것은 차라리 낮달에 가까웠고 어떤 불꽃도, 길고 긴 유성흔(痕)도 없이 수직으로 하강해왔다.

그것은 거대한 탁구공이었다.

수고하셨습니다, 그럼요 그럼요

그보다는,

보르네오 돼지에 관한 이야기, 내지는 칠리쏘스를 얹은 <아프리카>의 오므라이스에 대해 우리는 얘기했다. 식사 메뉴를 개시한 건 잘한 일이라고 봐, 탁구를 치다보면 때로 배가 고팠거든. 찬에 대해서도 우리는 얘기했다. 무와 마늘즙을 끼얹은 세 조각의 브로콜리가, 늘 오므라이스의 찬으로 곁들여지곤 했다. 한번은 네 조각이었어. 세 조각이나 네 조각의 브로콜리처럼, 토막토막 그런 유의 기억들이 잔잔하게 떠올랐기 때문이었다.

방송을 본 것은 지난 주말이었다. 신인 여자 탤런트 유(柳)가 보르네오의 돼지에게 질문을 속삭였다. 뭐라고 했나요? 가르쳐

줄 수 없어요. 쉿, 절대 비밀. 카메라를 향해 그녀가 눈을 찡긋했
다. 이곳 원주민들은요, 예로부터 신에게 전달할 중요한 물음을
돼지에게 전했다고 해요. 그러면 신은 돼지의 간에 그 답변을 남
겨둔다는군요. 그래서 제가, 지금 막 질문을 던졌습니다. 두근두
근 결과가 궁금하시죠? 자 따라오시죠. 그리고 제례와 의식이
소개되었다. 돼지의 간을 꺼내 본 무당이 하여간에 신의 답변을
읽어주었다. 뭐라고 한 거죠? 그것은 영원토록 지속될 것이다,
그리고 번창할 것이다. 그럼 돼지를 잡은 거군요? 남자 앵커가
물었다. 네, 저도 깜짝 놀랐어요. 그럴 줄 몰랐는데… 마음이 너
무 아팠어요… 정말 예쁜 돼지였는데… 스튜디오의 柳는 이내
울상이 되더니 결국 울음을 터트렸다. 그런 柳를, 함께 출연한
金이 다독여주었다. 진정하시고요, 그런데 어떤 질문을 했던 거
죠? 시청자 여러분도 궁금해하실 텐데. 아 그건… 우리 프로의
시청률이 올라갈까요? 하고 물었어요. 감정을 추스른 柳가 큰 눈
을 더 크게 껌벅이며 얘기했다. 오, 와, 하고 출연자들이 박수
를 쳤다. 감사합니다, 이상 보르네오의 오지에서… 수고하셨습
니다.

柳는 살이 많이 쪘더라. 모아이가 말했다. 그런가? 내가 물었
다. 확실히,라고 모아이가 대답한 후 우리는 말이 없었다. 백색
의 그 세계는 고요하고 편안했다. 고요하고 편안한 공간에 드러
누워, 우리는 말없이 눈을 껌벅였다. 세상은 어떻게 되었을까?

모아이가 입을 열었다. 글쎄,라고 생각은 했지만 나는 아무런 대답도 하지 않았다. 나는 대신 - 예쁜 돼지는 아니었다고 봐,라고 했다. 柳도 예쁘진 않아⋯ 모아이가 고개를 끄덕였다. 사방은 눈이 부시도록 환하고 환했다.

달보다도, 거대한 크기였다. 그것은 수직으로 하강해왔고, 천천히 스며들듯 지면과 맞닥뜨렸다. 그때까지도 꽤나 긴 시간이 걸렸으므로, 우리는 탁구공이 다가오는 그 광경을 - 거대한 접근을 오래도록 관찰할 수 있었다. 하늘을 뒤덮은 백구의 그늘 속에서, 우리는 들었다. 아아아아아아아아아아아아아아아 멀리서도, 느낄 수 있었다. 익히 우리가 살아온 세계의 붐붐을, 탄성과 비명을, 그리고 싸이렌을 - 우리는 들었다. 지진과 같은 느낌으로 주상복합의 세계가 마구 흔들리고 있었다. 탁구계(卓球界)는 그렇게, 이 세계와 폐합(廢合)되었다.

부욱

그것이 지면과 맞닥뜨리는 순간, 그런 소리를 들었다. 부욱 - 지면보다 먼저, 우리의 두피가, 두개골이, 쇄골이, 따라서 전신이 그 소리와 함께 탁구계에 스며들었다. 눈을 감았으나 눈꺼풀 너머가 환하게 보일 만큼 눈부신 세계였다. 부우욱. 그리고 깊게, 공이 스미는 소리를 들은 것이 마지막이었다. 그리고 고요해졌다. 귀가 퇴화를 해도 좋을 만큼 완벽한 고요였다. 라켓을 움켜쥔 채, 더듬 왼손을 뻗어 나는 모아이의 손을 잡았다. 확인할 수 있는 건 라켓과 모아이뿐이었다. 라켓과 모아이는 아주아주 따뜻한 것이었다.

눈을 뜬 것은 귀가 퇴화라도 했을 만큼 오랜 시간이 지난 후였다. 처음엔 아무것도 보이지 않았고, 아니 꽉찬, 어마하게 부신 순백의 공간을 보았고, 그래서 그곳은 작은 우주 하나를 반전(反轉)시킨 듯한 느낌이었다. 그 우주의 복판에 우리는 앉아 있었다. 주위엔 아무도 없었고, 아무것도 보이지 않았다. 오로지 소파와, 탁구대와, 캐비닛만이 벌판에서와 같은 자세로 같은 위치에 놓여 있었다. 나는 천천히 그것들을 어루만졌다. 아주아주

따뜻했다.

그, 따뜻한 것들을 제외하고는—완벽한 무(無)의 세계였다. 사방의 흰색이, 그래서 나는 두렵고 아름다웠다. 세끄라탱은 어떻게 된 거지? 또 쌍둥이들은… 글쎄, 하고 나는 다시 한번 주변을 둘러보았다. 곁에 있다면 역시나 따뜻할 세끄라탱이었지만, 곧 마음이 편안해졌다. 잠이 왔다. 이상할 정도로 우리는 무위(無爲)로웠고, 이상할 정도로 온몸이 무사했다. 손톱을 물어뜯으며 나는 잠에 빠져들었다. 아프지 않았고, 외롭지 않았다. 길

고 긴 순백의 잠을, 그래서 우리는 잘 수 있었다.

　일어났니? 모아이가 속삭였다. 일어났어. 그리고 우리는 가만
히 있었다. 마흔한명으로부터, 육백삼십육명이나 천구백삼십사
명으로부터, 내지는 오만구천이나 육십억으로부터 배제된 고요
가 우리를 에워싸고 있었다. 직렬한다 해도… 어쩔 수 없겠지?
모아이가 물었다. 어쩔 수… 없겠지. 아주아주 따뜻한 라켓을 손
에 쥔 채, 비로소 우리는 즐거울 수 있었다. 보르네오의 돼지 말
이야, 그래서 모아이가 돼지 이야기를 꺼냈을 때 나도 아, 하고
아주아주 고개를 끄덕였다. 그 방송 나도 봤어. 웃겼지? 웃겼어.

　굿모닝.

　세끄라탱의 목소리가 들린 것은 돼지와 오므라이스와, 그밖의
토막토막 브로콜리 조각과도 같은 얘기들을 한참이나 나누고 난
후였다. 몸을 일으켜 고개를 돌려보니 벌판의 끝, 정도의 먼 거
리에 거대한 생물이 서 있었다. 이루 말할 수 없이 괴상한 생김
새였고, 그 크기가 주상복합단지와 맞먹을 정도로 어마어마했
다. 아마도 머리,와 같은 부분이 우릴 내려다보고 있었으므로 우
리도 그 머리,와 같은 곳을 쳐다볼 수밖에 없었다. 성큼성큼, 여
러개의 다리를 움직여 그것이 다가오기 시작했다. 나는 또다시
라켓을 움켜쥐었다.

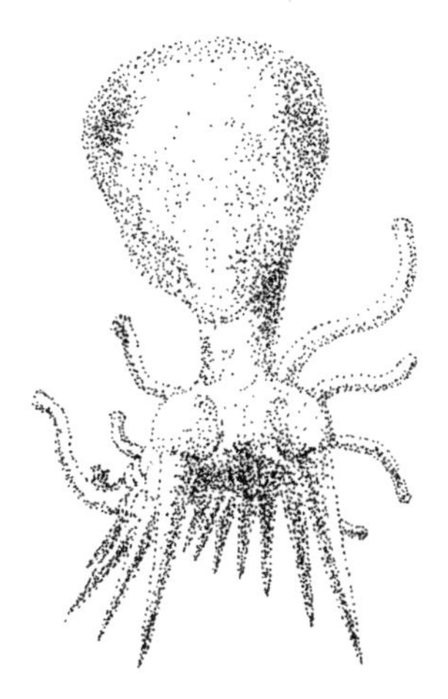

이상하게도, 그것은 다가올수록 점점 크기가 줄어들었다. 작은 야산 정도로, 다시 작은 건물만하게, 다 자란 플라타너스 정도의 크기가 되더니 이윽고 곁에 다다른 순간 우리와 비슷한 키가 되었다. 아, 하고 모아이가 한숨을 쉬었다. 아, 하고 그것 역시 한숨 같은 것을 내뱉었다. 먼 거리를 걸었는지 여러개의 다리가 잠시 후들거리는 느낌이었다.

나야, 세끄라탱.

*세끄라탱의 이미지는 캄브리아기의 생물 할루시제니아(Hallucigenia)를 바탕으로 한 것이다. 그림과는 반대로, 현재는 일곱 개의 촉수를 사용해 걸어다녔다는 설에 무게가 실리고 있지만, 어쨌거나 가시로 온몸을 지탱한 저 디자인이 마음에 들었다.

그것이 나야, 세끄라탱이라고 말했으므로 우리도 잠시 다리가 후들거리는 느낌이었다. 어떻게… 된 거지? 라켓을 꼭 쥔 채 내가 물었다. 놀라지 않아도 돼. 원래의… 내 모습 같은 거니까. 탁구인(卓球人)이란 대략 이런 것이야. 다시 멀리서 세끄라탱과 같은 생물들이 이곳을 향해 걸어왔다. 역시 거대했다가, 가까워질수록 점점 작아져 보르네오의 돼지만한 크기가 되었다. 두 마리는 세끄라탱과 같은 모습이었고, 하나는 몸체가 같을 뿐 유독 인간의 이목구비를 가지고 있었다. 백색의 세계에서 더 돋보이는 분홍의 뺨, 전교학생회장이었다. 안녕? 아, 안녕. 우리의 인사에 그는 애써 시선을 피하는 눈치였다. 분홍의 국수 같은 것이 부푼 뺨 속에서 몇번을 꿈틀거렸다. 아, 마음에 안 들어. 뭐야… 뭐냐구. 그는 몹시 화가 난 얼굴이었다. 어떻게 된 거냐구요, 아빠. 네?

그저

핑퐁이 시작되었을 뿐이야. 무덤덤하고, 무감(無感)한 머리를 기울이며 세끄라탱이 얘기했다. 핑퐁은, 하고 세끄라탱은 다시 한숨을 쉬었다. 나로서도 설명이 곤란하구나. 하나하나 차근차근 궁금한 걸 물어주면 좋겠어. 너무 오랜만의 핑퐁이라 간섭자인 나 역시도 망각한 게 많으니까. 일단 앉자꾸나. 소파엔 못과 모아이가 앉도록 해. 어쨌거나 할 일이 많은 건 너희들이니까. 할 일이 많다는 말이 못내 마음에 거슬렸지만, 우리는 일단 소파에 몸을 묻었다. 눈높이에 걸쳐진 탁구대의 수평선이, 그래서 두 눈 가득 시야에 들어왔다. 처음 소파에 몸을 묻었을 때처럼, 탁구대는 세계의 집약(集約) 같은 느낌으로 눈앞에 놓여 있었다. 핑. 퐁. 핑. 퐁. 핑. 퐁. 핑. 퐁. 이상하리만치 상쾌했던 그 소리가 귓속에서 빠르게 공전(公轉)하는 느낌이었다. 자꾸만 나는, 그 공을 주워, 돌려, 주고, 싶다는 생각이 들었다. 할 수 있다면—거대하고, 희고, 눈부신 이 공 속에서.

이것은 하나의 프로그램이란다. 세끄라탱이 입을 열었다. 프로그램이라뇨? 말하자면 생태계의 폼에 관한 관리라고 할 수 있지. 지금의 폼을 유지할 것인가, 아니면 언인스톨할 것인가 그걸 결정짓는 거란다. 결정이라니, 어떻게요? 물론 탁구를 통해서지. 좋든 싫든 이제 너희 둘은 인류의 대표와 시합을 벌여야 해. 인류의 대표라… 그럼 인류와 관련된 건가요? 바로 인류, 때문이지. 인류라는 인스톨을 유지할 것인가, 언인스톨할 것인가. 결정은 승자의 몫이란다. 왜, 그래야만 하죠?

그럴 만하니까

그런 거란다. 이 공은 어디서 온 건가요? 어디선가,라고밖에는 할 말이 없구나. 우주는 너무나 광대하니까. 말하자면 어디엔가 있는—연결된—생명이 온 곳이란다. 공은 지구의 요청에 의

해 온 것일 수도, 그곳의 뜻에 의해 온 것일 수도 있단다. 즉 리
씨브일 수도, 써브일 수도 있다는 뜻이지. 예전에도 이런 일이
있었나요? 숱하게, 숱하게 있는 일이란다. 기록을 보고 싶니? 세
끄라탱의 말이 끝나자 백색의 공간 한곳이 찢어지듯 열리는 것
이었다. 그것은 곧 검은, 밤하늘과 같은 공간이 되었고―결국 선
명하고 와이드한, 모니터가 되었다. 와아, 떠들 여유도 없이 세
끄라탱은 설명을 이어나갔다. 지구의, 가장 가까운 핑퐁의 기록
이란다. 모니터를 통해 우리는 곧 처절한 한편의 탁구시합을 볼
수 있었다. 공룡(恐龍)들의 시합이었다.

승자는 두 마리의 이구아노돈이었단다. 두 친구의 이름은⋯
이제 기억이 나지 않는구나. 아무튼 이들이 언인스톨을 선택했
고, 한번의 공백기를 거친 다음 지금의 인류가 인스톨된 것이란
다. 빙하기⋯ 때문이 아니었나요? 생명이란 건 말이다, 스스로
의 의지로 스스로를 의지하는 거란다. 나는 잠자코 모니터 속의
이구아노돈을 바라보았다. 자신보다 몇배 크고 강한 상대들과
싸워 승리한―쓰러질 듯 거친 숨을 몰아쉬는 복잡한 표정의 생
명을 보았다. 묘하게도 라켓을 쥔 이구아노돈의 앞발은 발톱이
거의 빠져 있었다. 힘들었구나. 물끄러미 무릎에 얹은 두 손의
끝을, 나는 말없이 내려다보았다. 그럴 만하니까

그랬던 거야.

　나는 물었다. 세상은 어떻게 된 건가요. 내가 있던, 그곳. 근본적으로 아직은 어떤 변화도 없단다. 탁구계는 지구와 충돌한 게 아니라 착상(着床)된 것이니까. 다만 공포를 느끼고 있겠지. 지금쯤 외벽을 탐사하느라 다들 분주하지 않을까? 어쨌거나 소용은 없겠지만… 보고 싶니? 보고 싶어요. 세끄라탱이 다시 모니터를 작동시켰다. 우주에서 바라본 지구의 모습이 모니터 가득 포착되었다. 동북아 어귀에 탁구공이 박힌 채로 지구는 여전히 공전하고 있었다. 궤도를 이탈한 건 아닌가요? 모아이가 물었다. 걱정 말렴. 탁구계는… 아주, 아주아주 가벼운 것이란다. 세끄라탱이 숨을 몰아쉬며 중얼거렸다.

그런데 왜 우리죠? 모아이가 물었다. 그건 나도 알 수 없는 거란다. 우연이 아닐까? 벌판에서 너희가 탁구대를 발견한 것도, 너희가 탁구를 배우게 된 것도… 두 마리의 이구아노돈이 탁구를 배운 것도… 그런 건 내가 간섭할 문제가 아니라서. 나의 역할은 작동된 프로그램을 진행하고, 룰에 따른 판정을 하고… 또 언인스톨이 일어난다면 새로운 생태계를 시작하는… 그런 거란다. 그럼 결과에 따라 인류가 멸종할 수도 있는 거군요. 승자의 의지에 따라 그럴 수도 있겠지. 인류가 유지된다면 모든 건 원점으로 돌아가는 거고. 그럼 탁구계는 어떻게 되는 건가요? 탁구공이란 건 말이다, 대답 대신 한숨을 쉬며 세끄라탱은 공 하나를 꺼내들었다. 잘 보렴. 촉수 끝에서 작은 불꽃이 일었다. 탁구공은 푸른 연기를 내며 이내 연소되기 시작했고, 그 자리엔 어떤 물질도 남아 있지 않았다. 이런 거란다. 이제 어떻게 해야 하는 거죠? 모아이가 물었다. 탁구를 쳐야지. 고개를 숙이며 세끄라탱이 말했다.

몇가지 변화에 익숙해지는 게 좋을 거야. 우선 원근감에 변화가 있다는 사실, 즉 멀어질수록 공이 커 보일 거란 얘기야. 물론 짧은 거리에선 큰 변화가 없겠지만 아무튼 그 점을 명심하기 바래. 또 눈으로 공을 캐치하기가 무척 곤란할 거야. 탁구계 전체가 탁구공의 보호색인 셈이니까. 이곳에서의 탁구는 그래서 좀더 너희들의 느낌을 필요로 할 거야. 그외엔 너희가 배운 그대로야.

코끼리 정도로 커 보이는 거리에서 세끄라탱의 쌍둥이들은 느릿느릿 장난을 치고 있었다. 턱을 괸 채 모아이는 아무 말이 없었고, 부스럭 캐비닛을 뒤져 세끄라탱은 키보드나 휠마우스 따위를 꺼내고 있었다. 라켓을 쥔 채, 나는 탁구계의 이곳저곳을 배회하기 시작했다. 어딜 가도 결국은 백색의 세계일 뿐이지만, 원근의 변화 때문에 모두가 낯설게 느껴졌다. 때문에 나는 하늘을 쳐다보았다. 하늘,이라고 해도 역시나 눈부신 백색이지만─어쨌거나 그편이 나는 좋았다. 느릿느릿 나는 주변을 배회했다.

툭, 하고 몸이 부딪힌 이유는 그 때문이었다. 전교학생회장이었다. 아, 하고 사과 같은 걸 했지만 그는 아랑곳하지 않고 열심히 핸드폰의 키를 누르고 있었다. 잘, 눌러질 리가 없었다. 촉수의 조절이 힘든지 그는 연신 땀을 흘리고 있었다. 안간힘 끝에 그가 누른 번호는 112였다. 아, 하고 어떤 말을 하고 싶었지만 적당한 말이 떠오르지 않았다. 촉수라도 움직이듯 땀을 흘린 후에야, 나는 겨우 이런 말을 해줄 수 있었다.

수고가 많구나

땡큐 땡큐

소파로 돌아온 나는 얼굴을 파묻었다. 충분한 휴식을 취해두라고 세끄라탱이 말했지만, 휴식 따위를 취할 마음이 아니었다. 잘… 모르겠어, 두려워. 말없이 모아이가 손을 잡아주었다. 나는 눈을 감았다. 눈꺼풀에 갇힌 잔광(殘光)이, 잔잔한 별무리를 이루며 망막의 주변을 어지러이 떠돌았다. 마흔한명과, 육백삼십육명과, 천구백삼십사명과, 오만구천이백사명과, 육십억의 얼굴 같은 것이―그래서 떠올랐다. 걱정 마, 우리가 이길 일은 없을 테니까. 모아이의 음성이 이마 속으로 스며들었다. 천천히, 말하자면 어떤 액체처럼―이마 복판의 못구멍을 통해 흘러드는 느낌이었다. 그럴까? 그럼, 인류의 대표들과 벌이는 시합이야. 아마도 왕 리친(Wang Liqin), 티모 볼(Timo Boll) 정도의 선수들이 아닐까? 우리 정도의 실력으로… 가능하기나 하겠어? 그렇겠지? 아마도.

　이봐 모아이… 부탁이 있어. 뭔데? 어떤 얘기라도 좋아, 얘기를 들려줘. 글쎄… 존 메이슨의 소설도 괜찮을까? 좋아, 다 좋아. 존의 유작인 <여기, 저기, 그리고 거기>에는 이런 얘기가 나와. 아이작 캔들턴은 정말 평범한 시민이야. 특이한 점이 있다면 아시아계 이민자들처럼 말린 오징어를 먹는다는 정도… 하지만 그것도 태국에서 근무할 때 생긴 사소한 습관에 불과했지. 그는 성실했고, 하루하루를 정말 열심히 살아가는 인간이었어. 고민도 정말 사소한 것들이었지. 가을의 연봉협상에서 팔백불이 삭감된 것, 최근 둘째딸에게 집먼지 알러지가 생겼다는 것, 또 부인 린다가 교회의 주부모임에서 받는 스트레스를 어쩌다 한번씩 호소한다는 정도, 그 정도였지. 아니, 그리고 또 한 가지 최근 들어 자주 자신이 <깜박>한다는 것이었어. 나도 그래, 동료인 쌤과 쿨가이도 마찬가지였으므로 그는 별반 신경을 쓰지 않았어. 쉰을 넘긴 남자란 건 대개 <깜박>하거나 전립선이 붓게 마련이니까. 문제의 그날도 그는 사소한 <깜박>을 했을 뿐이었어. 말 그대로 지극히 사소한 것들이었지.

　우선 아침에 집을 나선 직후였어. 차의 시동을 걸고, 벨트를 매고선 라디오의 주파수를 맞출 때였지. 내가 문을 잠갔나? 불현듯 그런 생각이 들었던 거야. 차에서 내린 그는 현관으로 돌아갔지. 문은 잘, 잠겨 있었어. 그는 다시 차로 돌아갔어. 그리고 두 블록 정도를 달렸을 때였지. 잠깐, 내가 가스불을 껐던가? 그런 생각이 마구 들기 시작한 거야. 차를 세우고 그는 전화를 걸었어. 그래요, 확인해볼게요. 잠을 깬 린다가 투덜투덜 걸어가는 소리가 들렸고, 이내 짜증 섞인 목소리가 수화기를 통해 들려왔지. 꺼져 있던걸요? 고마워. 그는 안심하고 회사에 도착했어. 차문을 잠갔던가 생각이 든 것은 그가 엘리베이터에서 막 내리던 순간이었지. 휴우, 한숨을 한번 쉰 그는 그러나 곧장 사무실로 들어갔어. 주차장은 비교적 관리가 철저했고, 문이 열렸다 해서 자신의 토요따를 훔쳐갈 인간은 없다는 생각이 들었던 거야. 그는 근무를 시작했어. 잠깐만요 아이작, 미스 헬렌이 찾아온 것은 오전 근무가 거의 끝나갈 무렵이었지. 복도에서 이걸 주웠어요. 헬렌이 내민 건 아이작의 아이디카드였어. 고마워… 고마워요, 라고는 했지만 아이작은 혼란스러웠어. 이걸 언제 떨어트렸지? 늘 목에 걸고 다니던 카드였으므로 그는 더욱 마음이 복잡했어. 한참 카드를 만지작거린 후에야 그는 복도에서의 일을 떠올릴 수 있었지. 쿨가이와 마주쳐 2분 정도 대화를 나눌 때였어. 실수로 떨어트린 펜을 줍기 위해―그러고 보니 몸을 숙인 적이 있었던 거야. 그는 또 한숨을 쉬었어. 문제는 쿨가이와 대화를 나눈 사실을 그때까지 <깜박>하고 있었다는 거지.

그럴 때가 있어. 점심을 먹으며 쿨가이가 얘기했어. 역시나,

나이를 속일 순 없다고 쌤이 거들었지. 벗어진 쌤의 이마를 보며 그래도 아이작은 스스로를 위로했어. 너무 바빠서 그런 거야. 그 래그래, 셋은 함께 식당을 나왔지. 그리고 엘리베이터를 탈 때였어. 잠깐, 내가 방금 뭘 먹었더라? 갑자기 자신이 고른 메뉴가 생각나지 않는 것이었어. 쌤이 먹은 건 멕시코식 파스타, 쿨가이는 언제나처럼 구운 감자와 스테이크였지. 그러나 정작 자신의 메뉴는 떠오르지 않았던 거야. 그 사실을, 하지만 그는 동료들에게 말하지 않았어. 오후에도 여러번 그런 사소한 <깜박>이 계속되었지.

린다의 전화를 받은 건 퇴근하기 직전이었어. 린다는 쇼핑을 부탁했고, 아이작은 사야 할 물품들을 하나하나 새겨들었어. 그리고 전화를 끊었는데 그중 몇가지가 떠오르지 않는 거야. 전화를 끊은 지 불과 5초도 안된 싯점이었지. 그는 집으로 전화를 걸었어. 그리고 사야 할 물품의 목록을 다시 한번 새겨들었지. 또박또박 그는 메모를 곁들였고, 그것을 접어 자신의 상의 오른쪽 주머니에 집어넣었어. 내일 보자구, 바이. 동료들과 인사를 나누고 그는 주차장으로 내려갔지. 그때서야 아차 했지만 토요따의 도어는 굳게, 잘 잠겨 있었어. 월마트를 향해 그는 차를 몰았지. 쇼핑을 하고 카트를 몰아 계산대 앞에 섰을 때였어. 혹시 싶어 그는 메모를 확인했지. 우유, 햄, 치즈, 세제, 마카로니, 그린자이언트, 복숭아잼… 방향제와 육류용 칼, 다목적 옷걸이. 그런데 마카로니가 보이지 않았어. 카트를 뒤적였지만 아무래도 보이지 않았지. 젠장, 하고 그는 매장으로 돌아갔어. 이딸리아계인 린다는 마카로니 선택에 꽤나 까다로운 편이었지. 게다가 그건 따로 떨어진 수입품 코너의 맨끝 귀퉁이에 진열되어 있었어. 이딸리아어가 빼곡한 박스를 들고서 그는 카트로 돌아왔지. 그사이 계산대의 줄은 엄청나게 길어져 있었어. 절로 한숨이 나왔지. 카트에 틀어박혀 한숨 자고 나도 좋았을 시간이 지나고, 이윽고 계산을 할 때였어. 구입한 물건을 하나하나 올려놓는데 웬걸 카트 맨밑에 깔린 마카로니 한 박스가 눈에 들어온 것이었어. 또다시 아이작은 기분이 복잡해졌어. 손님? 하는 목소리에 그는 겨우 정신을 차릴 수 있었지. 머뭇하던 아이작은 잠자코 계산을 해버렸어. 마카로니가 많다고 해서 인생에 문제가 생기는 건 아니니까. 그날따라 쇼핑백은 유달리 무겁게 느껴졌지. 기분을 바꾸기 위해 그는 노래를 흥얼거렸어. 카트를 정리해준 안내원에게 평소와 달리 자상한 인사를 건네기도 했지. 고마워, 고마워요.

집으로 돌아오는 차 안에서 그는 배가 고파지기 시작했어. 결코 좋은 기분이 아니었지. 라디오에선 오래된 음악이, 잘 아는, 오래전 아주아주 좋아했던, 그러나 제목을 알 수 없는 노래가 나오고 있었어. 누구였더라, 생각을 거듭할수록 그는 점점 기분이 우울해졌어. 차를 세우고, 그는 작은 잡화점에 들어가 크래커와 커피, 담배 따위를 사서 돌아왔지. 커피를 곁들여 허겁지겁 크래커를 집어넣은 후, 그는 담배를 피워물었어. 그때서야 라디오의 자키가 곡명을 읽어주었지. 바로바로, 플라워스의 <딸기밭의 싱싱한 소녀들>이었습니다. 그래, 딸기밭의 싱싱한 소녀들이었지. 그는 길게 연기를 내뿜었어. 이유는 알 수 없고, 그는 쿨가이에게 전화를 걸었어. 식사중이던 쿨가이는 쩝쩝 소리를 내며 아이작의 전화를 받았지. 미안해, 그런데 말이야. 자네 <딸기밭의 명랑한 잡것들>이란 노래 기억나나? 뭔 소리야… 우물우물. 이 노래 말이야. 예전에 크게 유행했잖아. 그리고 그는 멜로디를 흥얼거렸어. 뭐야 그건, 하고 쿨가이가 소리쳤지. 그건 <딸기밭의 싱싱한 소녀들>이잖아. 그래, 그렇지. 딸기밭의, 싱싱한, 소녀들. 아… 식사중에 미안해. 그리고 고마워, 고맙다구.

우물우물과 함께 내뱉은 쿨가이의 <고맙기는>을 들으며 그는 전화를 끊었어. 그리고 다시 담배를 피워물었지. 아차, 그제서야 그는 자신이 17년 전부터 금연해왔다는 사실을 떠올릴 수 있었어. 어떻게 된 거지? 담배를 끄지 않고 그는 우두커니 창밖을 내다보았어. 너무 바빴던 걸까? 잘, 생각나지 않는 지난 몇주를 떠올리려 애를 썼어. 그리고 역시 너무 바빴다고 스스로를 다독였지. 다시 그는 차를 몰았어. 그래도 나는 전립선이 끄떡없지 않은가, 쌤처럼 머리가 벗어지지도, 쿨가이처럼 난청이 온 것도 아니지 않은가? 의외로 위안을 주는 담배연기 속에서 아이작은 그런 생각을 했던 거야. 그리고 갑자기 와이란 이름이 떠올랐어.

오래전 태국에서 일할 때 사귀던 여자였지. 그리고 줄줄이, 와이와 관련된 일들이 선명하게 떠오른 거야. 이를테면 새 구두를 샀을 때 우연히 맡게 된 와이의 발냄새 같은 것, 그녀의 남동생 타이가 즐겨 입던 리바이스 같은 것이 한꺼번에 생각난 거지. 겨우 그는 마음이 진정되었어. 피츠타운의 도로를 달리며 그래서 그는 태국을 생각했지. 그리고 다시 배가 고파왔어. 그래, 너무 바빴기 때문이야. 마당에 차를 세우고 그는 현관을 향해 걸어갔지. 늘, 언제나 보던 그대로의 집이었어. 아차, 그리고 순간 자신이 쇼핑백을 <깜박>했다는 걸 알아차렸어. 차로 돌아간 그는 쇼핑백을 들고 다시 현관을 향해 걸었지. 그런데 그사이 집의 조명이 전부 꺼져 있는 거야. 캄캄했지. 기분이 이상했지만 그는 현관 앞에 다다랐어. 아, 그런데 망할 – 저 토요따의 문을 또 <깜박>했다는 생각이 드는 거야. 쇼핑백을 내려놓고 아이작은 다시 차로 돌아갔어. 이번엔 그의 생각이 맞았어. 정말이지 문을 잠그지 않았던 거야. 더듬더듬 키를 꽂고 있자니 하루의 짜증이 다 밀려드는 듯했어. 그래서 더 힘차게 키를 돌려버렸지. 철컥. 문이 잠기는 소리가 마당 가득 울려퍼졌어. 그제서야 편안해진 마음으로 그는 현관을 향해 돌아섰지. 그런데 없는 거야.

뭐가?

아무것도. 그 아무것도. 집도, 쇼핑백도, 마당과 토요따도, 세계 그 자체가 사라져버린 거야. 그래서? 그게 소설의 끝이야.

　이상한 끝이구나. 그럼 그 순간 세계를 <깜박>해버린 거야? 그럴 수도. 하지만 읽으면 읽을수록 그런 생각이 자꾸만 드는 거야. 그 순간 그가 세계를 <깜박>한 게 아니라 세계가 그를 <깜박>해버린 게 아닌가 하는… 모아이, 그러고 보니 나도 분명 그런 적이 있었던 듯해. 나 여태 그걸 <깜박>하고 있었어. 잘 들어 못, 여기 온 후로 나는 줄곧 그런 생각을 해왔어. 왜 우리일까? 답 같은 건 찾을 수도 없겠지만, 내 결론은 그거야. 뭐?

　너와 나는 세계가 <깜박>한 인간들이야.

　다른 이유가 있을까? 우리와 맞붙을 인류의 대표란 건, 말하자면 인류가 절대 <깜박>하지 않을 성질의 것이겠지. 왕 리친이나, 티모 볼 같은 선수들… 그런 선수들의 이름을 인류가 <깜박>할 리 있겠냐고? 즉 핑퐁이란 건, 내 생각에 인류가 깜박해버린 것과 절대 깜박하지 않을 것 간의 전쟁인 셈이야. 생명은 스스로의 의지에 의해 스스로를 의지한다는 세끄라탱의 말이 옳다면, 그 의지를 결정할 마지막 기회인 셈이지. 그래서 줄곧 나는 스스로의 의지에 대해 생각해봤어. 인류에 대한 의지, 인류가 <깜박>해버린 것으로서의 의지, 그럼에도 불구하고 인류로서의 의지… 그 의지는 무엇일까?

있을 리 없잖아. 내 말도 그 말이야. 그러니 한결 마음이 편해지더라구. 어차피 이길 수도 없고… 뭐, 레벨 자체가 말도 안되는 거니까… 왕이나 티모 볼 같은 위대한 선수들이 인류를 멸할 리도 없잖아. 듣고 보니 그러네. 이마의 못구멍, 같은 곳으로 순간 페퍼민트 같은 것이 흘러드는 느낌이었다. 가볍고, 좋은 기분이었다. 딸기밭의 싱싱한 소녀들처럼 우리는 탁구계의 한복판에 앉아 있었다.

설치가 끝났어.

한숨을 쉬며 세끄라탱이 다가왔다. 피곤한 듯 몇개의 촉수가 늘어져 있고, 여지없이 땀 같은 걸 얼굴 가득 흘리고 있었다. 설치라뇨? 탁구계의 모니터에 키보드 따위를 연결한 거야. 핑퐁의 프로그램을 너희들이 사용해야 하니까. 우리가요? 그럼, 이건 곧 너희들의 핑퐁이니까. 아마도 <랠리>에 있던 키보드와 마우스인 것 같았다. 주의해서 본 적은 없지만, 분명 계산대 아래의 나무서랍 위에 엇비슷한 느낌의 키보드가 있었다. 그랬던 것, 같다. 둔탁한 부팅음이 탁구계의 깊은 곳에서 울려퍼졌다. 윈도 98이었다. 쓰던 거라서 말이야… 어차피 너흴 위한 씨뮬레이션 같은 거니까… 말하자면 이쪽의 배려 정도로 여겨주면 좋겠어. 괜찮아요, 고마워요,라고 우리는 각자 중얼거렸다. 데스크탑,처럼 보이게 된 탁구계의 모니터에는 그래서 오직 한 가지 아이콘이 떠 있을 뿐이었다. 펑퐁,이었다.

우선 너희에겐 인류의 역사를 볼 권리가 있어. 툴은 너희들의 방식이지만 데이터의 전송은 탁구계의 방식이 될 거야. 아마도 한순간에 너희는 인류가 행해온 모든 일들을 보고, 느끼게 될 거야. 듀스스코어의 역사를 ― 인류가 창안한 문명과 문화를, 철학과 예술, 과학과 종교를, 지식과 진화를, 또 거의 같은 분량의 전쟁과 학살, 침략과 정복, 지배와 핍박, 편견과 오만, 범죄와 폭력, 무지와 야만을 경험하게 될 거야. 혹시 인류의 설치, 제거를 결정하게 되더라도 그 순간 판단에 도움을 주기 위해서지.

학살(虐殺)이라구요? 그래, 학살. 그럼 인류가 행한 모든 학살의 광경을 보게 된다구요? 판단을 위해선 그 모두를 알아야 하지 않겠니? 그거… 막 죽이는 거잖아요? 찌르고… 태우고… 토막내고… 그런 거잖아요. 아마도… 하지만 분명히 그런 일을 했으니까, 그래도 인류는 또 그만큼의 빛 같은 걸 가지고 있는 건 아닐까? 나는 잠시 탁구대의 주변을 배회했다. 모아이는 진짜 모아이와 같은 자세로 말없이 허공을 응시할 뿐이었다. 그거…

221

보고 싶지… 않아요. 그건 너의 의지야. 싫으면 이 단계를 건너뛰어도 돼. 전 볼게요. 모아이가 말했다. 그것 역시 너의 의지란다. 모니터를 마주한 모아이는 묵묵히 핑퐁을 진행시켰다. 나는 얼른, 자리를 피해버렸다. 아무것도 안 나오잖아. 전교학생회장의 볼멘소리가 희미하게 들려왔다. 이미 전달된 거야. 세끄라탱의 목소리도 들렸다. 그리고 모아이가, 소파를 박차고 일어서는 스프링의 소음을 들을 수 있었다. 두려웠지만

나는 뒤를 돌아보았다. 아무 말 없이 모아이는 걷고 있었다. 따라갈까 생각도 들었지만, 나는 꼼짝없이 자리를 지키고 서 있었다. 모아이는 걷고, 또 걸었다. 걷고, 걸어서 멀어질수록 모아이는 거대해졌고―결국 우리가 선 곳까지 커다란 그늘을 드리우며 주저앉았다. 모아이는 울고 있었다. 뭘 본 걸까? 나는 마음이 아픈 것도 같고, 몸이 아픈 것도 같았다. 모두가―이를테면 땅과 하늘 같은―연결된 모든 것이 함께 아파하는 느낌이었다. 슬픈 공진(共振)이었다. 아주 긴 시간이, 아무 말 없는 강처럼 탁구계의 복판을 흐르고 있었다. 그 강이 바다의 어귀에라도 닿았을 즈음, 모아이는 돌아왔다. 누구도

아무 말도 하지 않았다.

세끄라탱은 안내를 계속했다. 인류의 대표들과는 달리, 너희에겐 탁구계의 인쎈티브가 주어져. 선택하기에 따라 굉장한 도움이 될 수도 있다는 걸 명심해. 인쎈티브라구요? 물론, 이유는 이 시합이 실은 일방적이기 때문이야. 전력의 차이를 극복하기 위해 너희는 도움을 받을 수 있어. 너희가 선택한 인물들로 대리전을 치를 수도 있고, 지쳤을 때 서로 교대를 할 수도 있지. 팁을 가르쳐주자면, 가능한 한 그들이 먼저 나서게 하는 편이 유리하단 거야. 실은 에너지의 형태기 때문에, 탁구계가 부여한 에너지가 떨어지면 소멸하기 때문이지. 건전지 같은 걸 생각하면 아마 이해가 쉬울 거야. 국적 같은 걸 고려할 필요는 없어. 누구라도, 소통엔 문제가 없을 테니까.

그럼 누구의 도움을 받는다는 거죠? 위대한 인물, 즉 인류의 위인(偉人) 중에서 너희는 한 사람씩을 선택할 수 있어. 다시 모니터 앞에 앉은 우리는 평퐁에 저장된 위인들의 목록을 열람할 수 있었다. 도대체, 누가 누군지 알 수 없을 만큼이나 위인의 수는 많았고, 문제는 대다수의 위인을 우리가 전혀 모른다는 데 있었다. 인류도 정말 대단한 거구나… 감탄을 하면서도, 은근히 머리가 아파오기 시작했다. 우리에겐 의논이 필요했다.

테레사 수녀는 어떨까? 모아이가 말했다. 딱히 부정은 안했지만-탁구를 치는 테레사 수녀를 떠올리며 우리는 굳게 침묵했다. 에디슨도 아인슈타인도, 그러나 탁구와 연결하는 순간 모든 것이 난감해졌다. 쉽게 알렉산드로스를 떠올리기도 했지만 알렉산드로스가 탁구를 쳐봤을까?라는 생각에 역시 침묵을 지켜야 했다. 가능한 한 현대의 인물이 유리하지 않을까? 그래도 가능성이 있잖아. 모아이가 말했다. 자신있는 2차대전사를 중심으로 나는 고민을 시작했다. 처칠과 탁구, 루즈벨트와 탁구… 이런… 없잖아… 탁구계의 리스트에서 빠져 있는 위인도 많았다. 결국 간디와 탁구… 석가모니 같은 인물은 어떨까? 말하자면, 신이잖아. 그런데 다리가 저려 일어설 수 있을까? 다시 똘스또이와 탁구, 존 레논과 탁구…를 생각하다가 세끄라탱의 자문을 구해버렸다. 혹시 탁구선수 출신의 위인은 없나요? 그건, 내가 간섭할 수 없는 영역의 문제야. 아, 하고 다시 고민을 시작하다가

왜 위인들은 탁구를 안 친 걸까?

화가 나버리고 말았다. 칠 수 없었던 거야. 대답을 한 것은 모아이였다. 인류의 구조는 탁구 자체가 불가능한 것이거든. 어쩔 수 없이, 우리는 다시 위인들의 데이터를 훑기 시작했다. 그리고 의논 끝에 두 사람의 위인을 선택했다. 내가 선택한 위인은 라인홀트 메스너, 모아이는 말콤 X였다. 세계를 등정한 메스너라면 그래도 훌륭한 선택이 아닐까-나는 생각했고, 모아이의 선택에

대해서는 이유를 알 수 없었다. 왜지? 그냥. 말콤이 누군지도 몰랐지만, 왠지 로봇 같은 느낌의 그 이름에 나는 신뢰가 갔다. 결정이 끝나자 다시 핑퐁이 진행되었다. 우리는 곧 탁구계의 공간을 걸어오는 두 사람을 볼 수 있었다.

라인홀트 메스너와 말콤 X였다.

거대한 위인들은 점점 작아져왔고, 결국 본래의 모습으로 우리 앞에 이르렀다. 도와줄까? 악수를 건네며 말콤이 물었다. 왠지 가슴이 뭉클했지만, 모아이도 나도 울지 않았다. 누가 먼저랄 것도 없이, 우리는 같은 대답을 했다.

고마워, 고마워요.

낮말도 듣지 않는 새,
밤말도 듣지 않는 쥐

하는 수 없군. 설명을 듣고 난 두 위인은 팔짱을 낀 채 고개를 끄덕였다. 어떤 어필이 있을 법도 했지만, 두 사람은 곧 연습에 열중하기 시작했다. 차분한 눈빛과 골똘한 표정이었지만, 말하자면 기대 이하의 실력이었다. 탁구를 쳐보셨나요? 아니. 메스너가 고개를 가로저었다. 말콤의 대답은 더 걸작이었다. 지금 치고 있잖아.

졌다,라고 나는 생각했다. 그런데 상대는 어떤 인물이지? 메스너가 물었다. 정확한 건 모르지만… 인류의 대표라고 들었어요. 인류의, 대표라. 말콤이 눈을 깜박였다. 묻겠는데, 너희의 의지는 어느 쪽이냐? 그러니까 유지와 제거 둘 중에 말이다. 글쎄요. 아직은 모르겠어요. 고등학생이냐? 중…학생이요. 음… 라

켓을 내려놓고 말콤은 잠시 시름에 빠져들었다. 핑퐁 울리던 공
소리가, 그래서 중단되었다.

세계도 부조리한 곳이었는데, 탁구계도 부조리한 곳이구나.
왜 중학생이지? 그리고 왜 탁구냐구? 도대체 인간이 왜 탁구를
통해 심판받아야 하는 거지? 이 배후엔 뭐가 있는 거지? 묻겠는
데, 인간은 뭐지? 너희들 그런 생각은 해본 적 있냐? 해본 적 있
냐구. 그리고 너, <진짜> 흑인을 좋아할 수 있을까? 아니라면,
<진짜> 백인과 싸울 수 있을까? 너희는 뭐지? 뭐냐구? 저희는

세계가 <깜박>한 인간들이에요.

제 생각으론… 그렇습니다. 말콤의 말을 끊은 것은 모아이였
다. 그래서 아마도, 인류의 대표란 세계가 절대 <깜박>할 수 없
는 성질의 것이 아닐까 싶어요. 추측입니다만, 그렇습니다. 깜박
이라… 그거 좋은 말이군. 깜박해버린 건 멸종되기 십상이지. 진
짜 흑인도 마찬가지야. 뭐야 여긴, 이 화이트… 그래서 이곳의
화이트가 수상하단 말이야.

시간을 아낍시다.

메스너의 충고에 따라 우리는 다시 연습을 시작했다. 메스너

는 두말할 것도 없고, 말콤 역시 운동신경이 기막힌 사람이었다. 안정된 폼을 스스로 터득하고, 곧바로 가벼운 스매시를 시도하기도 했다. 잘하시는데요. 이런 건 뭐… 아무튼… 만약 인류를 제거한다면 말이다… 그다음에 대해선 아는 바가 있니? 메스너가 물었다. 새로운 종, 새로운 생태계를 설치한다고 들었어요. 오, 호! 하고 손을 치켜들며 말콤이 소리쳤다.

연습을 멈추진 맙시다. 묵묵히 공을 주워오며 메스너가 얘기했다. 핑, 퐁, 핑, 퐁 이어지는 랠리 속에서 - 그리고 메스너는 자신의 이야기를 들려주었다. 이런 말 하긴 뭣하지만 저는 인류가 사라져버린 세계에 익숙한 편입니다. 예, 자주 그런 기분이 들었죠. 아주 먼 어딘가에, 누가 뭐래도 인류는 존재하고 있겠지… 사람들은 출근을 하고, 아이들은 학교를 가고… 즉 그런 인류의 일상 말입니다. 하지만 히말라야의 암벽에서, 혹은 눈보라 속에서 그런 건 추측에 불과하다는 걸 알게 됩니다. 누구라도, 그걸 느끼지 않을 도리가 없어요. 결국엔 이 지구가, 실은 인류와 아무 상관이 없는 곳이란 걸 알게 됩니다. 좋든 싫든, 그건 인간이 어쩔 수 없는 문제예요. 그래서 사실, 저는 인류가 사라지는 것에 대해 큰 거부감이 없습니다. 그런… 편이죠. 문제는 왜, 우리가 살아왔으며… 사라진다면 왜, 사라져야 하는 것인가. 핑퐁이 시작된 이유는 무엇인가.

그럴 만, 한 것인가?

그런 것입니다. 전 사실 사라진 – 좀 전에 <깜박>이라고도 했
는데 – 사라진 생물을 실제로 본 적이 있습니다. 설인(雪人), 혹
은 예티라고 알려진 생물이죠. 로체(8,511m)를 등정할 때였는데
한무리, 그래요 한무리의 예티였습니다. 그 순간 그 세계에선 그
들이 절대다수였어요. 물론 내 머리는 – 인류가 어딘가에 있다는
인식을 끊임없이 되새겼지만, 말 그대로 그것은 추측에 불과한
것입니다. 네, 적어도 그 세계에선 말이죠.

그해 시월에 저는 기자들과 만난 자리에서 이렇게 말했습니
다. 산에 오르다가 예티를 보았다, 언제 어디서 보았는지는 10년
이 지난 후 밝히겠다. 네, 그때는 그 감정을 어떻게 전달할 방법
이 없었어요. 소수(少數)의 개체로서 예티의 무리와 조우한 기
분을 말입니다. 오랜 시간 저는 그 문제에 대해 생각했습니다.
그리고 결국 포기하기로 했어요. 뭐랄까, 그건 결국 인류의 <유
지>와 관련된 거라는 결론을 내린 것입니다. 이 세계와 그 세계
엔, 말하자면 그 정도의 엄격한 구분이 있었던 겁니다. 실은 같
은 지구인데도 말입니다.

약속한 10년이 지난 후, 저는 예티에 대한 고백을 했습니다.
제가 본 것은 <곰>이었다고, 말입니다. 곰이라구요? <곰> 말입

니다. 곰은 인간계(人間界)의 동물입니다. 인간이 아는 것은, 인간이 확인한 것은—결국 인간계에 속하게 되는 것입니다. 시간이 갈수록, 그래서 인간계는 팽창하고 또 팽창하겠지요. 우주처럼 말입니다. 제 추측은 그렇습니다. 이제 인간계도 하나의 탁구공만한 크기가 된 게 아닌가, 우주의 입장에서 보자면—눈에 보이지 않던 탁구공 하나가 새로이 관측된 게 아닐까, 하는 것입니다. 어쩌면 우주는, 지금

그 성질을

파악하고 싶은 게 아닐까 싶습니다. 생각해보면 오래전 티베트에서 만난 현자 한 사람도 이와 비슷한 얘기를 들려준 적이 있습니다. 까마득한 과거의 일이고, 그땐 신경조차 쓰지 않았지만—말하자면 확실히 이런 느낌의 이야기였죠. 어떤 느낌이요? 바로 이런, 눈부신 세계에 관한 것이었습니다.

다들, 잘하고 있습니까?

그때 세끄라탱이 다가왔다. 두말하면 잔소리지. 손가락을 세우며 말콤이 대답했다. 시간이 되었습니다. 긴장의 증거처럼 세끄라탱의 촉수들이 꼿꼿하게 서 있었다. 동요가 없던 메스너와 말콤도 아까와는 사뭇 다른 표정이었다. 인류의 대표들이 도착

했습니다. 이제 곧 시합에 임할 준비를 해주십시오. 탁구계의 저 끝에서 세끄라탱의 두 아들이 걸어오고 있었다. 느릿느릿, 쌍둥이의 걸음은 느렸고 등에는 거대한 박스가 하나씩 실려 있었다. 라켓을 쥔 손에 나도 모르게 힘이 들어가기 시작했다. 드라이브라도 배워둘 걸 그랬어. 모아이의 속삭임이 이마 복판에 균열을 내며 못처럼 박히는 기분이었다. 이럴 줄… 몰랐잖아. 나도 속삭여주었다. 인간의 후회는 왜 늘 이런 식일까.

생각보다는 아주 작은 박스였다. 다들 뭐라 말할 수 없는 표정이 되었지만, 따지고 보면 뭐라 말할 수 있는 입장도 아니었다. 말콤과 메스너의 기분은 더욱 그런 것 같았다. 박스에서 나온 것이

한 마리의 쥐와
한 마리의 새

였기 때문이었다. 이들은, 하고 세끄라탱이 먼저 입을 열었다. 스키너 박스에서 길러진 쥐와 새입니다. 이것 봐… 하고 말콤이 말을 잘랐다. 지금 쥐하고 새하고 탁구를 치라는 건가? 우리더러, 응? 이 말콤에게 말이야. 이들은, 하고 세끄라탱이 다시 말을 이었다. 먹이를 주는 조건반사로 평생을 테스트당하고 길러진 존재들입니다. 삶의 대부분을 먹기 위해 공을 쳤습니다. 그것

도 정확히, 원하는 조건을 달성해야만 먹이가 주어져왔습니다. 휴식시간엔 교양과목으로 티브이를 시청했습니다. 장담컨대, 힘겨운 승부가 될 것입니다. 저조차도 이들을 탁구로 이기지 못했으니까.

뭐야 이게,라고 역정을 내긴 했지만 결국 말콤도 경기에 임할 자세를 갖추었다. 세끄라탱의 조언대로 우선 메스너와 말콤이 나서고 그 뒤를 우리가 잇기로 했다. 세끄라탱이 싸인을 하자 쌍둥이들이 흩어졌다. 미뤄 짐작으로 볼보이의 역할을 맡은 듯했다. 지급된 라켓과 공을 살피고, 오픈 써브나 11점 7쎄트 4선승제와 같은 간단한 룰을 세끄라탱이 설명해주었다. 그리고 곧 시합이 시작되었다. 아무런 망설임도, 단 한번의 지체도 없이

객관적으로

핑퐁은 시작되었다. 모아이와 나는 소파에 앉아 경기를 관전했다. 세끄라탱은 심판과 점수판의 역할을 동시에 수행했다. 스코어를 얻은 쪽으로 촉수가 꺾였고, 다시 그것이 단계별로 빛을 발하는 것이었다. 뭉툭한 촉수를 벌벌 떨며, 전교학생회장은 아직도 어딘가 끝없이 전화를 걸고 있었다.

지리멸렬하고

더없이 지루한 랠리였다. 경기의 내용은 초보자의 연습경기 그 이상도 그 이하도 아니었다. 쥐와 새가 보내는 써브와 리씨브는 그야말로 정직한-오로지 실점을 하지 않고 공을 보드에 안착시키는-지극히 평범한 것이었다. 공의 속도도 말콤과 메스너 쪽이 오히려 빨랐다. 누구나 쉽게 받아칠 공이 전부였으므로-우리는 절로 고개를 갸웃할 수밖에 없었다. 저런 녀석들이 어떻게 세끄라탱을 이겼지? 궁금증이 풀린 것은 아마도 두 시간 정도가 지난 무렵이었다.

스코어는 1:0. 두 시간,이라고는 해도 쥐와 새가 겨우 한 점을 리드하고 있었다. 말하자면 어떤 스매시를 해도 마치 기계처럼 리씨브를 하는 것이었다. 빠르지도 않은 공이, 그러나 같은 지점에 언제나 어김없이 떨어지는 것이었다. 역시 그것은 받아치기 아주 좋은 공이어서 끝없는 랠리가 이어지는 것이었다. 결국 말콤이 실수를 했다. 바닥에 떨어진-이제 겨우 1:0의 스코어를 낸 그 공이, 그래서 마치 인생의 모든 학교와 직장을 개근한 괴물처럼 보였다.

잠깐, 하고 말콤이 어필을 했다. 어필의 내용은 들리지 않았지만, 대신 세끄라탱의 대답을 우리는 들을 수 있었다. 로봇이 아닙니다. 뚜껑이 열린 표정으로 말콤이 소리쳤다. 뭔가 규칙에 어굿난 것 아니오? 저들은 절대 룰을 어기지 않습니다. 복잡하고 분한 표정의 말콤을 비웃기라도 하듯-그 순간 빠득, 하고 쥐와 새가 동시에 모이를 깨물었다. 스코어 획득에 성공하면, 박스의 어떤 장치에 의해 그들 앞에 한알의 모이가 떨어졌다.

오호

하고 말콤이 소리쳤다. 이놈들이… 아주 혹독한 놈들이네. 알겠어, 어떤 놈들인지. 나 이런 놈들과 많이 싸워봤지. 주의를 받긴 했지만, 안경을 벗고 다시 자리에 선 말콤의 표정은 완전히 달라져 있었다. 마치 딴사람을 보는 듯한 착각이 들 정도로 그의 표정은 싸늘하고 냉정했다. 곧 시합이 속개되었다.

1쎄트가 끝난 것은 꼬박 하루가 지난 후였다. 11:2 쥐와 새의 승리였다. 휴대폰의 날짜가 넘어간 것을 보면서, 나는 그만 침을 흘리고 말았다. 끝없는 잠의 수면(水面)을 향해 번지점프라도 하듯 졸음이 쏟아져내렸다. 그런, 기분이었다. 탁구계에 와서 배가 고프거나 잠이 온다는 느낌을 받은 적이 없으므로, 그것이 육체적인 문제가 아님을 알 수 있었다. 나만의 문제가 아니었다. 모아이도 말콤도, 아무 말이 없었다. 우리는 지쳐 있었다.

지구의 모든 산을 오른 기분이군. 메스너가 말했다. 말을 아낍

234

시다. 얼음 같은 표정으로 말콤이 속삭였다. 너희는 자, 최대
한… 차례가 올 때를… 대비해… 알겠지? 지그시, 우리의 어깨
를 짚은 말콤의 손에서 경련이 일어나고 있었다. 그 경련을 통
해, 이 시합이 얼마나 격렬한 것인가를 나는 뼈저리게 느낄 수
있었다. 2쎄트가 시작되었다. 탁구대를 향해 무거운 걸음을 옮기
면서도 힐끗, 말콤은 자라는 싸인을 우리에게 보내왔다. 자지,
않을 수 없었다.

잠을 깬 것은 3쎄트가 한창 진행될 무렵이었다. 2쎄트도 쥐와
새의 승리였고, 3쎄트 역시 압도적인 점수차로 쥐와 새가 리드하
고 있었다. 그리고 그사이, 다시 하루가 지나 있었다. 얼마나 많
은 랠리를 거쳤는지 말콤과 메스너는 수준급의 플레이어가 되어
있었다. 절로 터득한 스핀은 물론, 세계선수권자나 할 수 있는
스매싱을 연속으로 구사하기도 했다. 공은, 그러나 어김없이 -
평범한 속도로 정확하게 넘어왔다. 나는 무서웠다. 빠득, 하고
단단한 모이를 깨무는 소리가 들렸다.

3쎄트가 끝이 났다. 휴대폰의 전원도 꺼진 지 오래였고, 마음
의 전원, 같은 것도 거의 꺼져가는 느낌이었다. 빠득, 다시 모이
를 깨무는 소리가 탁구계에 울려퍼졌다. 나는 귀를 막고 울음을
터트렸다. 두려워 말아라. 메스너의 커다란 손이 도리어 나의 어
깨를 짚어주었다. 말콤과 메스너의 몸에서 금속이 산화할 때의

냄새 같은 것이 강하게 풍겨왔다. 세끄라탱이 모든 촉수의 빛을 밝혀 4쎄트의 시작을 선언했다. 다시 탁구대를 향해 걸어가며 말콤이 중얼거렸다. 알라의 뜻대로.

핑퐁퐁핑퐁핑퐁핑퐁핑퐁핑퐁핑퐁핑퐁핑퐁핑퐁핑퐁핑퐁핑퐁핑퐁핑퐁핑퐁핑퐁핑퐁핑퐁퐁핑퐁퐁핑퐁퐁핑퐁퐁핑퐁퐁핑퐁퐁핑퐁퐁핑퐁퐁핑퐁퐁핑퐁퐁핑퐁퐁핑퐁퐁핑퐁퐁

핑퐁핑퐁핑퐁핑퐁핑퐁핑퐁핑퐁핑퐁핑퐁핑퐁핑퐁핑퐁핑퐁핑퐁핑퐁핑퐁핑퐁핑퐁핑퐁핑

퐁핑퐁핑퐁핑퐁핑퐁핑퐁핑퐁핑퐁핑퐁핑퐁핑퐁핑퐁핑퐁핑퐁핑퐁핑퐁핑퐁핑퐁핑퐁핑퐁

핑퐁핑퐁핑퐁핑퐁핑퐁핑퐁핑퐁핑퐁핑퐁핑퐁핑퐁핑퐁핑퐁핑퐁핑퐁핑퐁핑퐁핑퐁핑퐁핑

퐁핑퐁핑퐁핑퐁핑퐁핑퐁핑퐁핑퐁핑퐁핑퐁핑퐁핑퐁핑퐁핑퐁핑퐁핑퐁핑퐁핑퐁핑퐁핑퐁

핑퐁핑퐁핑퐁핑퐁핑퐁핑퐁핑퐁핑퐁핑퐁핑퐁핑퐁핑퐁핑퐁핑퐁핑퐁핑퐁핑퐁핑퐁핑퐁핑

퐁핑퐁핑퐁핑퐁핑퐁핑퐁핑퐁핑퐁핑퐁핑퐁핑퐁핑퐁핑퐁핑퐁핑퐁핑퐁핑퐁핑퐁핑퐁핑퐁

핑퐁핑퐁핑퐁핑퐁핑퐁핑퐁핑퐁핑퐁핑퐁핑퐁핑퐁핑퐁핑퐁핑퐁핑퐁핑퐁핑퐁핑퐁핑퐁핑

퐁핑퐁핑퐁핑퐁핑퐁핑퐁핑퐁핑퐁핑퐁핑퐁핑퐁핑퐁핑퐁핑퐁핑퐁핑퐁핑퐁핑퐁핑퐁핑퐁

핑퐁핑퐁핑퐁핑퐁핑퐁핑퐁핑퐁핑퐁핑퐁핑퐁핑퐁핑퐁핑퐁핑퐁핑퐁핑퐁핑퐁핑퐁핑퐁핑

퐁핑퐁핑퐁핑퐁핑퐁핑퐁핑퐁핑퐁핑퐁핑퐁핑퐁핑퐁핑퐁핑퐁핑퐁핑퐁핑퐁핑퐁핑퐁핑퐁

핑퐁핑퐁핑퐁핑퐁핑퐁핑퐁핑퐁핑퐁핑퐁핑퐁핑퐁핑퐁핑퐁핑퐁핑퐁핑퐁핑퐁핑퐁핑퐁핑

퐁핑퐁핑퐁핑퐁핑퐁핑퐁핑퐁핑퐁핑퐁핑퐁핑퐁핑퐁핑퐁핑퐁핑퐁핑퐁핑퐁핑퐁핑퐁핑퐁

핑퐁핑퐁핑퐁핑퐁핑퐁핑퐁핑퐁핑퐁핑퐁핑퐁핑퐁핑퐁핑퐁핑퐁핑퐁핑퐁핑퐁핑퐁핑퐁핑

퐁핑퐁핑퐁핑퐁핑퐁핑퐁핑퐁핑퐁핑퐁핑퐁핑퐁핑퐁핑퐁핑퐁핑퐁핑퐁핑퐁핑퐁핑퐁핑퐁

핑퐁핑퐁핑퐁핑퐁핑퐁핑퐁핑퐁핑퐁핑퐁핑퐁핑퐁핑퐁핑퐁핑퐁핑퐁핑퐁핑퐁핑퐁핑퐁핑

퐁핑퐁핑퐁핑퐁핑퐁핑퐁핑퐁핑퐁핑퐁핑퐁핑퐁핑퐁핑퐁핑퐁핑퐁핑퐁핑퐁핑퐁핑퐁핑퐁

핑퐁핑퐁핑퐁핑퐁핑퐁핑퐁핑퐁핑퐁핑퐁핑퐁핑퐁핑퐁핑퐁핑퐁핑퐁핑퐁핑퐁핑퐁핑퐁핑

퐁핑퐁핑퐁핑퐁핑퐁핑퐁핑퐁핑퐁핑퐁핑퐁핑퐁핑퐁핑퐁핑퐁핑퐁핑퐁핑퐁핑퐁핑퐁핑퐁

핑퐁핑퐁핑퐁핑퐁핑퐁핑퐁핑퐁핑퐁핑퐁핑퐁핑퐁핑퐁핑퐁핑퐁핑퐁핑퐁핑퐁핑퐁핑퐁핑
퐁핑퐁
핑퐁핑퐁핑퐁핑퐁핑퐁핑퐁핑퐁핑퐁핑퐁핑퐁핑퐁핑퐁핑퐁핑퐁핑퐁핑퐁핑퐁핑퐁핑퐁핑
퐁핑퐁핑퐁핑퐁핑퐁핑퐁핑퐁핑퐁핑퐁핑퐁핑퐁핑퐁핑퐁핑퐁핑퐁핑퐁핑퐁핑퐁핑퐁핑퐁퐁
핑퐁핑퐁핑퐁핑퐁핑퐁핑퐁핑퐁핑퐁핑퐁핑퐁핑퐁핑퐁핑퐁핑퐁핑퐁핑퐁핑퐁핑퐁핑퐁핑
퐁핑
핑퐁핑퐁핑퐁핑퐁핑퐁핑퐁핑퐁핑퐁핑퐁핑퐁핑퐁핑퐁핑퐁핑퐁핑퐁핑퐁핑퐁핑퐁핑퐁핑
퐁핑퐁핑퐁핑퐁핑퐁핑퐁핑퐁핑퐁핑퐁핑퐁핑퐁핑퐁핑퐁핑퐁핑퐁핑퐁핑퐁핑퐁핑퐁핑퐁퐁
핑퐁핑퐁핑퐁핑퐁핑퐁핑퐁핑퐁핑퐁핑퐁핑퐁핑퐁핑퐁핑퐁핑퐁핑퐁핑퐁핑퐁핑퐁핑퐁핑
퐁핑
핑퐁핑퐁핑퐁핑퐁핑퐁핑퐁핑퐁핑퐁핑퐁핑퐁핑퐁핑퐁핑퐁핑퐁핑퐁핑퐁핑퐁핑퐁핑퐁핑
퐁핑퐁핑퐁핑퐁핑퐁핑퐁핑퐁핑퐁핑퐁핑퐁핑퐁핑퐁핑퐁핑퐁

길고, 아득한 0:0이었다. 잠이 들거나, 다시 잠을 깨거나 해도
0:0의 핑퐁은 끊임없이 이어지고 있었다. 이상하게, 눈물이 났
다. 나는 더이상 랠리를 지켜볼 수 없었다. 가만히, 가만히 있고
싶었는데⋯ 가만히, 가만히 있어도 좋았는데⋯ 가만히, 맞기만
해도 괜찮은데⋯ 가만히, 가만히 죽어도 좋은데⋯ 가만히, 순백
의 허공을 올려다보며 나는 펑펑 울음을 터트렸다. 가만히, 모아
이의 손이 내 손을 잡아주었다. 지구의 축을 통과한 에스키모의
손처럼, 가만히, 그렇게.

영원처럼 느껴지던 0:0이, 그러나 핑, 소음과 함께 1:0으로 기울었다. 메스너의 옆구리를 그대로 통과한 공은 작고 단단한 모이처럼 떼구르르 바닥을 굴러다녔다. 고통이 가득한 표정으로 메스너가 타임을 외쳤다. 팔을… 들 수가 없어. 아마도 이게 마지막인 것 같구나. 흐릿한 수증기 같은 것이 메스너의 몸에서 뿜어져나오기 시작했다. 말콤에게서도 같은 현상이 일어나고 있었다. 고개를 가로젓기도 전에, 그러나 말콤이 모아이의 손을 움켜쥐었다. 와락, 우리는 말콤을 껴안았다. 두 사람은 점점 희미해지고 있었다.

희미해지기 전에, 더 희미해지기 전에 — 메스너는 걸음을 옮기기 시작했다. 해발 팔천 미터의 산정처럼 탁구계의 공기가 희박해지는 느낌이었다. 푹 푹 무겁고 더딘 걸음이, 폭설처럼 눈부신 탁구계의 공간을 그렇게 건너가고 있었다. 빠득, 테이블에 앉아 모이를 깨무는 쥐와 새 앞에서 메스너는 멈춰섰다. 빠득, 모이를 씹으며 인류의 대표들이 빤히 메스너를 쳐다보았다. 희미하게, 메스너는 웃고 있었다.

맛있습니까?

고개를 갸웃하며, 쥐와 새는 더 빤히 메스너를 쳐다볼 뿐이었다. 어쩌겠어, 고개를 떨어뜨린 말콤이 중얼거렸다. 그것이 끝이었다. 두 사람은 점점 희미해졌고, 연소된 탁구공처럼 흔적도 없이 사라져버렸다. 남은 것은 결국 우리 둘뿐이었다. 고개를 숙여 나는 말없이 라켓을 응시했다. 이제 너희들 차례야, 세끄라탱의 목소리가 희미하게 들려왔다. 알고 있어요. 나는 고개를 끄덕였다.

이 라켓을 만든 이의 의지는 어떤 것이었을까?
나와
모아이의 의지는 어떤 것일까?
인류의 의지는 어떤 것일까?

그리고 벌판과
수북한 각목더미와
그곳의 생태계와
더없이 푸르렀던 하늘을

나는 떠올렸다. 가자. 모아이가 말했다. 그리고 우리는 탁구대 앞에 섰다. 내가 준 공을 사용해도 좋아. 간략한 규칙을 다시 설명한 후 세끄라탱이 덧붙였다. 두 개의 공을 꺼내 우리는 그것을 세끄라탱에게 건네주었다. 1:0으로 뒤진 상황에서, <信和社>의 마크가 찍힌 공으로, 쥐의 써브로―핑퐁은 재개되었다. 촉수의 불을 밝힌 세끄라탱이 플레이볼을 선언했다. 우리의 첫, 공식시합이었다.

낮이 가고 밤이 가는

느낌이었다. 달이 차고, 기울었을까? 얼마나 긴 시간이 흐른 것일까? 이미 감각은 마비되었고, 오로지 생각만이, 하나의 생각만이 나를 지탱하고 있었다. 나는 비로소, 하나의 의견이 된 기분이었다. 실례지만 이런 의견을 가지게 되었습니다. 이것이 저의 의견입니다. 네트 너머로 공을 넘길 때마다 나는 마음속으로 중얼거렸다. 그것은 마치 기도와 같은 것이었다. 어떤 말도 듣지 않을 쥐와 새를 위해, 내가 전할 수 있는 폼은 그것이 전부였다. 그리고 다시, 낮이 가고 밤이 지났을 만큼 랠리가 계속되었다. <信和社>의 공 하나가 랠리로 닳아 못 쓰게 된 것이 기억난다. 점차 몸 전체가 사라지는 기분이었고, 눈앞이 희미해지기 시작했다. 그러다 빠득, 귀를 울리는 그 소리에—폭설 같은 절망감이 머리 위로 쏟아지고는 했다. 푹 푹 끝없이 쌓이는 눈 속으로 나는 점점 두 발이 빠져들었다.

그리고 갑자기

공이 보이지 않았다. 주위는 고요했고 공이 바닥을 구르는 소리도, 빠득, 하는 소리도 들리지 않았다. 애써 신경을 집중했지만 공이 오는 느낌도 들지 않았다. 마치 세계의 마지막과도 같은 순간이었다. 따뜻한 손이, 아주아주 따뜻한 팔이 그때 내 어깨를 휘감았다. 모아이였다. 어떤 얘기도 들리지 않았지만, 시합이 끝났다는 사실을 그 순간 알 수 있었다.

　미안해,라고 나는 속삭였다.

다시 핑, 다시 퐁

눈을 떴다.

희미하게, 모아이의 큰 얼굴이 나를 바라보고 있었다. 그리고 천천히, 언 눈이 녹는 느낌으로 의식이 돌아왔다. 소파였다. 소파의 품에서 비릿한—에스키모가 빌려준 부인의 살냄새, 같은 것을 나는 맡았다. 그녀의 뱃속에서, 나는 작고 웅크린 태아가 된 기분이었다.

괜찮니? 모아이가 물었다. 나는 고개를 끄덕였다. 여전히 시야는 희미했지만, 눈부신 순백의 광원(光源)이 느껴져 탁구계임을 알 수 있었다. 탁구계는 아직 사라지지 않은 건가, 의문이 들었지만 나는 별다른 말을 하지 않았다. 천천히 나는 몸을 일으켰다.

　축하해.

　세끄라탱의 목소리였다. 축하…라니요? 선택권을 얻었으니까. 그런 소리가 들리긴 했지만, 그 말이 지닌 의미를 나는 짐작할 수 없었다. 어떻게, 어떻게 된 건가요? 쎄트 스코어는 3:0, 그리고 4쎄트 역시 8:1로 뒤진 시합이었어. 결과는 그래. 언뜻 그 상황에서 모아이가 기권을 표한 게 아닌가 짐작이 들었다. 거기서… 끝이 났나요? 그래, 쥐와 새의 죽음으로… 쥐와… 새가 죽었다구요? 죽었어, 그래서 중지된 거지. 왜, 왜 죽은 거죠?

　과로사(過勞死)였어.

　아무튼 탁구계는 너희에게 선택권을 주기로 결정했어. 정확한 규정을 따른 건 아니지만 결국 그쪽으로 의견이 모아졌지. 그럼 이제 어떻게 되는 건가요? 남은 건 결정뿐이야. 앞서 말했듯 인류를 유지할 것인가, 언인스톨할 것인가… 즉 <핑퐁>의 마지막 순서가 남았을 뿐이지. 잠시 아무런 생각도 할 수 없었다. 나는 일어나 희미한 주변을 배회하기 시작했다. 할 수 있다면, 보이지 않는 탁구계의 저 끝까지 걷고 싶은 심정이었다.

아무래도, 두 사람이 의논을 해야겠지? 세끄라탱의 목소리를 뒤로한 채 나는 걷고, 또 걸었다. 그리고 주저앉았다. 희미한 시야를 어지럽히며 이상하게 자꾸 눈물이 흘렀다. 마흔한명과, 육백삼십육명과, 천구백삼십사명과, 오만구천이백사명과, 육십억의 얼굴 같은 것이 동공을 통해 흘러나오는 기분이었다. 그리고 나는, 텅 빈 지구와도 같은 안구(眼球)를 담고 탁구대로 돌아왔다. 울었니? 모아이가 속삭였다. 울지 않았다고, 나는 대답했다.

우리는 아무 말도 하지 않았다. 이상하게, 어떤 의논도 할 수 없다는 생각이 들었다. 대신 나는 세끄라탱에게 질문을 던졌다. 제거한다면… 그뒤는 어떻게 되는 건가요. 우선 인류가 언인스톨되고, 오랜 시간에 걸쳐 생태계는 다시 무(無)로 돌아갈 거야. 하지만 너희 둘은 여전히 지구에 남게 돼. 성장하고, 마지막 인류로서 수명을 다하는 거지. 쎅스는 할 수 있겠지만 어차피 두 사람 사이에 출산은 불가능하니까. 그럼 도시는요… 문명과… 저 많은 물질들은? 너희가 생존하는 동안은 큰 변화가 없겠지. 그리고 어떻게든 소멸될 거야. 그건 지구가 소화할 문제지. 새로운 생태계를 위해선 어차피 수만년, 혹은 수십만년이 필요한 거니까.

그때 가선 쌍둥이들이 새로운 생명의 기원이 될 거야. 저 아이들은 나와 같은—말하자면 인스톨 프로그램의 집(zip) 파일과 같은 거니까. 그럼 인간은 오로지 우리 둘만 남는 거군요. 넌 인

간이 뭐라고 생각하니? 어떤 의미에선 그렇지만… 아니라고도
말할 수 있어. 너희 각자의 몸속엔 세포수보다 많은 미생물이 공
존하고 있으니까. 그들은 인간이 아닐까? 아님 그들을 <깜박>한
건 아닐까? 하긴, 역시 그래도 너희 둘만 남는다고 대답하는 게
옳겠지? 그럼… 제거된 인류는 어떻게 되는 건가요?

어디론가

이동될 거야. 어떤 정보(情報)의 형태가 되어… 그건 내가 간
섭할 성질이 아니라 더이상의 대답을 해줄 수가 없구나. 어디론
가…라구요? 그래, 어디론가. 물론 육체는 이곳에 남아 분해될
거야. 그 냄새를, 어쩔 수 없이 너희도 견뎌야겠지. 반대로… 유
지한다면요?

이대로 계속,
변함없이.

그리고 세끄라탱은 입을 다물었다. 소파에서 일어선 나는 다
시 걷기 시작했다. 웅성웅성, 모아이와 세끄라탱의 대화가 뭉툭
한 몸통을 가진 곤충처럼 등뒤에 달라붙었다. 귀를 기울이기보
다는, 가만히 주머니에 손을 찌른 채 나는 탁구계의 허공을 응시
할 뿐이었다.

세계에서의 일상이 떠올랐다. 아니 나는, 세계에서의 일상을 떠올리려 노력했다. 어떤 곳이었던가, 그러나 곧―기억을 떠올릴수록 그것은 추측에 불과하다는 사실을 알 수 있었다. 그랬다. 모든 건 추측일 뿐, 나는 인류에 대해 아는 게 하나도 없었다. 나는 아무것도, 아무것도, 아무것도

하는데 손끝에 딱딱한 종이의 질감이 느껴졌다. 천천히 나는 그것을 꺼내들었다. 때묻은 <가족오락관> 방청권이었다. 가족오락관… 탁구계에 오지 않았다면, 나는 아마도 스튜디오에서 진행하는 가족오락관의 방청석에 앉아 있을지도 몰랐다. 박수를 치고, 또… 고등학생이 되고, 성년이 되고… 사고나 죽음을 당하지 않는다면, 나는 나대로 수수한 한 팀의 가족을 만들 수 있겠지, 근근이라도 쎌러브레이션한다면, 나도 쎌러브레이션, 할 수 있다면.

누군가의 의견을 들어보고 싶다면 그건 가능해. 과거의 인물이든 살아 있는 인물이든… 정보의 형태로 누구든 연결할 수 있으니까. 또 당장 결정이 힘들다면 여기서 더 오랜 시간을 보내도 돼. 인간의 수명 같은 건 탁구계에선 한순간에 불과하니까. 즉, 노인이 된 다음 결정해도 상관없다는 거지. 어때? 하고 나는 모아이에게 물었다. 뭐, 별로…라며 모아이는 고개를 가로저었다.

치수의 얼굴이 떠올랐다. 마리의 얼굴이, 또 9볼트의 얼굴이⋯
계속해서 떠올랐다. 나는⋯ 허참씨의 의견이 듣고 싶었다.

안녕하세요, 허참입니다. 이런저런 과정을 알게 된 후, 그것참
난감하다는 표정으로 허참씨가 얘기했다. 그건 안될 말이죠. 저
희만 해도 1984년 2월 2일 첫 방송을 시작한 이래, 지금껏 삼십
년 넘게 방송을 이어오고 있습니다. 그것이 얼마나 힘든 일인지
는 아마 상상을 못하실 거예요. 우여곡절도 많았구요, 네, 방송
에선 밝힐 수 없는 일들도 많았습니다. 삼십년 넘게, 정말이지
스태프 모두가 최선을 다해왔습니다. 토요일 저녁 6시구요, 방송
을 보는 온 가족이 함께 웃음바다로 갈 수 있도록 언제나 노력하
고 있습니다. 모두가 이렇게 열심히 살고 있고⋯ 가족들이 말입
니다⋯ 아무튼, 그 점을 꼭 기억해주시기 바랍니다.

알겠습니다, 나는 고개를 끄덕였다.

다른 이들의 의견은 듣고 싶지가 않았다. 귀를 막고 앉아 있는
모아이의 마음을, 그래서 나는 헤아릴 수 있었다. 물끄러미 나는
주위를 둘러보았다. 끝없는 순백의 공간은 운동장의 끝처럼 눈
부시고 고요했다. 노래가⋯ 듣고 싶어요. 쎌러브레이션을 부르
는 쿨 앤 더 갱을 보고 싶어요. 물론, 세끄라탱이 고개를 끄덕였
다. 곧, 모니터 가득 한무리의 흑인들이 경중이며 나타났다.

Yahoo! This is your celebration

Yahoo! This is your celebration

Celebrate good times, come on! (Let's celebrate)

Celebrate good times, come on! (Let's celebrate)

Everyone around the world

Come on!

Yahoo! It's a celebration

Celebrate good times, come on! (Let's celebrate)

Celebrate good times, come on! It's a celebration!

쎌러브레이션을 부르는 쿨 앤 더 갱을 보며, 나는 눈물을 흘렸다. 어때, 결정을 하겠니? 세끄라탱이 물었다. 모아이와 나는 서로의 얼굴을 바라보았다. 아무 말도 없었지만, 이상하게도 우리는 서로의 뜻을 알 수 있었다. 말했지만, 더 많은 시간을 가져도 괜찮아. 세끄라탱이 속삭였다. 어떻게 할까? 나는 모아이에게 물었다. 아마도

고등학생 정도로 부패한다면

　지금과 같은 생각은 못할 것 같아. 내 생각도 그래. 그리고 우리는 나란히 세끄라탱 앞에 섰다. 물끄러미 우리를 들여다보던 세끄라탱이 고개를 기울이며 물어보았다. 언인스톨?

　우리는 고개를 끄덕였다.

컴온, 쎌러브레이션!

　　우리는 함께 벌판에서 깨어났다. 여전한, 수북한 각목과 모랫더미, 그리고 저 멀리의 주상복합단지가 한눈에 들어왔다. 탁구대도 소파도 보이지 않아, 우리는 탁구계가 사라졌다는 사실을 알 수 있었다. 더없이 고요하고 고요한 세계였다.

　　잘한 걸까?

　　벌판의 끝을 바라보며 내가 물었다. 모아이는 아무 대답도 하지 않았다.

　　이제 뭘 할 거니?
　　<가족오락관>의 방청권을 찢으며 다시 내가 물었다.

열심히… 스푼을 구부리며 살아갈까 해.

넌? 하고 모아이가 되물었다.

몇번이고 생각을 거듭한 끝에

나는 겨우 입을 열 수 있었다.

학교를 열심히 다녀볼까 해.

연락하자.

그래.

그리고 우리는 헤어졌다. 벌판의 끝을 향해 걸어가는 모아이에게 나는 손을 흔들었고, 그 모습이 보이지 않을 때쯤 발길을 돌렸다. 펑퐁, 경쾌한 소리가 마음을 울릴 만큼 숲의 공기는 상쾌했다. 천천히

나는 학교를 향해 걸었다.

가까운 탁구장을 찾아주세요

두 명의, 중학생에 관한 이야기가 떠오른 건 이년 전 여름의 어느날이었다. 사는 일에도 별 문제가 없고, 아니, 없다기보다는—늘 그랬듯 그런 거 아니겠어? 라는 느낌의 여름날이었다. 라디오에선 존 덴버와 플라시도 도밍고의 「퍼햅스 러브」가 흘러나오고 있었다. 그뿐이었다. 그리고, 더웠다.

13세기에도 19세기에도, 그런 여름날이 있었을 것이다.

도시의 어딘가에선 힘없는 인간이 맞아죽고, 세계의 어딘가에선 힘없는 민족이 폭격을 당한다. 그리고 나는, 괜찮다. 이곳은 별, 문제가 없는—아마도 그런, 시추에이션.

기원전에도 18세기에도, 그런 여름날은 있었을 것이다.

지루한 느낌이었다. 말하자면 이곳에서
우리는 너무 오래 살았다.

20세기에는 크나큰 전쟁이 두 번 있었다. 20세기에 인류는 이
데올로기를 만들었고, 20세기에 존 덴버와 도밍고는 「퍼햅스 러
브」를 불렀고, 20세기에 나는 중학생이었다.

인류의 1교시는 그런 것이었다고 생각한다.

말하자면, 나는 살아남은 한 사람의 중학생이다.

살아남았다고 해서 인류는 크게 달라지지 않았다. 어딘가에선
힘없는 인간이 맞아죽고, 어딘가에선 힘없는 민족이 폭격을 당
한다. 「퍼햅스 러브」와 같은 노래를 아무리 불러도, 세계의 키워
드는 여전히 약육강식이다. 인류의 2교시를 생각한다면, 생존
(生存)이 아니라 잔존(殘存)이다. 지난 시간의 인간들이, 그저
잔존해 있는 것이다.

아직도
결국 자기자신과

가족과

민족을 위해 사는 척, 한다.

그리고

종교를 믿으면 그만이다.

그만일까?

실은, 인류는 애당초 생존한 게 아니라 잔존해왔다. 만약 인류
가 생존한 것이라면 60억 중 누구 하나는 그 이유를 알고 있어야
한다. 우리가 대체, 왜, 살고 있는지를, 말이다. 영문도 모른 채,
말하자면 이곳에서 우리는 너무 오래 잔존해왔다.

정신이 결코 힘을 이길 수 없는 이곳에서

희생하는 인간이

이기적인 인간을 절대 당해낼 수 없는 이곳에서

이곳은 어디일까. 남아 있는 우리는

뭘까?

결국 인간의 문제는 인간의 문제일 뿐이라고 나는 생각한다.
마찬가지, 신에게도 신의 문제가 있을 것이다. 친구의 부인들과

놀아나다 친구에게 들켰다거나, 혹은 6, 7교시 정도의 수업이 한
창 진행중이거나, 어쨌거나 말이다.

결국 지구의 인간은 두 종류다.
끝없이 갇혀 있는 인간과 잠시 머물러 있는 인간.

갇혀 있는 것도
머물러 있는 것도
결국은 당신의 선택이다.

이데아(idea)는 결국
아이디어(idea)에 불과한 것이니까.

같은 이유로
인류의 2교시도 두 갈래 길이 아닐 수 없다.
지금과 다른 생물이 되거나
다른 생물에게 바통을 넘기거나.

끝으로
그래서 당신에게 미안하다.
나도
잔존해선 안될 생물이었다.

이 삶을 생존이라 착각한 채
그간 당신에게 큰 해를 끼쳐왔다.
미안하고 미안하다.

모쪼록 탁구를 치며
그 죄를 갚아나가겠다.

실버스프링의 핑퐁맨처럼.

2006년 가을

박민규

핑퐁

초판 1쇄 발행/2006년 9월 25일
초판 16쇄 발행/2019년 7월 1일

지은이 · 일러스트/박민규
펴낸이/강일우
책임편집/박신규
펴낸곳/(주)창비
등록/1986년 8월 5일 제85호
주소/10881 경기도 파주시 회동길 184
전화/031-955-3333
팩시밀리/영업 031-955-3399 · 편집 031-955-3400
홈페이지/www.changbi.com
전자우편/lit@changbi.com

ⓒ 박민규 2006
ISBN 978-89-364-3355-0 03810

* 이 책 내용의 전부 또는 일부를 재사용하려면
  반드시 저작권자와 창비 양측의 동의를 받아야 합니다.
* 책값은 뒤표지에 표시되어 있습니다.